www.tredition.de

AF178753

Tatjana Weiler

Das Ich in mir

oder wer ist Georg?

Gefördert von

© 2018 Tatjana Weiler

Verlag und Druck: tredition GmbH, Hamburg

ISBN
Paperback: 978-3-7469-4173-8
Hardcover: 978-3-7469-4174-5
e-Book: 978-3-7469-4175-2

Das Ich in mir

oder

wer ist Georg?

Tatjana Weiler

Inhaltsverzeichnis

1. Kapitel

Prolog

Lagebericht

Herbergsuche

Allerheiligen

Lebensabschnitt neu

Navigationsfehler

2. Kapitel

Mini-mental-testing

Ida und die Männer

Bad Ischl

Auf den Schlag

Jubiläumsfeier

Das Opa Referat

Wandertag

Good morning, Dear!

3. Kapitel

Freunde

Mein Fest ohne mich

Am Dach der Welt

Stille

Dankeschön

Nachruf

für Papa

1. Kapitel

Prolog

"Ida? Ida, bist du da?" fühle ich mich rufen, die Lider hochgezogen, die Stirn in Falten gelegt und den Mund zum Schreien bereit. Geöffnet um zu verkünden, bleibt er jedoch stumm.

Mein Name ist Georg. Ich bin Ehemann, Vater, Großvater, Freund, Sportler, Denker und in meinen vergangenen Jahren noch vieles mehr.

Mein momentanes Projekt: ich schwimme durch mein 72stes Lebensjahr. Oder besser gesagt, ich folge der Welle und lass mich treiben...

... an einen Ort namens Demenz...

Ich bin Georg. Dies ist meine Geschichte.

Lagebericht

Wann sie begann, meine Reise in dieses mir bislang völlig unbekannte Sein, ist rückblickend schwer zu sagen. Es waren verschiedene kurze Momente, Sequenzen, an denen ich - jetzt im Nachhinein betrachtet - die Anfangspunkte setzen würde.

Einer davon ereignete sich vor 7 Jahren, als Ida und ich Richtung Norden unterwegs waren. Nettes Städtchen, Rad dabei, sportlich wie eh und je und mit Leuten in der Gruppe, mit denen es sich angenehm unterhalten ließ. Diese Reise sollte zur Feier meiner Pensionierung der Start in einen Lebensabend voller Welterkundung, Entspannung und Muse für das Schöne sein. So der Plan von Ida und mir. Die Kinder waren schon längst - gut ausgebildet, in liebevollen Händen und fleißig - außer Haus, die Enkelkinder brachten ab und zu frischen Wind in unsere vier Wände, und die Finanzen ließen einen wahrlich rosig anmutenden letzten Abschnitt meines Seins erahnen.

Der Plan war perfekt. Was eigentlich schon damals zu denken geben hätte sollen, denn, so meine Erfahrung, umso akribischer voraus organisiert, desto anders kommt es...

Herbergssuche

Da stand ich, plötzlich, ganz allein, ohne ein bekanntes Gesicht zu erspähen, ohne den geringsten Anhaltspunkt ob mein Weg nach links oder rechts zu gehen hatte. Ich stand und überlegte und dachte und wurde plötzlich nervös. Ich schien es nicht mehr zu wissen! Mein Kopf war leer und ich wurde panisch. Zigarillos fielen mir ein. *Hatte ich welche in meiner Tasche? Wollte ich welche kaufen? Wohin sollte ich zurück? Hotel! Ich wollte in ein Hotel*, schoss es mir plötzlich. *Der Name war?* Eine blaue Fassade mit weiß gerahmten Fenstern. *Da vorne!* Das Haus kam bekannt vor. Endlich schien wieder etwas zu funktionieren in meinen Gehirnwindungen, sie hatten – verzögert aber doch - Fahrt aufgenommen und führten mich direkt hinein ins "Hafenbräu", 3. Stock, Zimmer 312. Die Eingangstür zum Hotel stand geöffnet und hieß mich willkommen. *Welch ein Glück*, dachte ich mir, denn einen Schlüssel konnte ich in keiner meiner Taschen entdecken. Ich nahm den Lift, drückte den Knopf mit der 3, stieg aus und marschierte schnurstracks nach links. Ich nahm die Klinke der Tür 312 in meine rechte Hand, drückt sie nach unten... und fand das Zimmer unversperrt vor. Das kam mir etwas eigenartig vor, war ich doch einer jener Menschen, die vor dem Verlassen des Hauses zur Sicherheit dreimal nachkontrollierten, ob der Schlüssel auch wirklich mit mindestens zwei vollen, zugesperrten Umdrehungen im Schloss steckte. *Sei´s drum*, beruhigte ich mich, öffnete und betrat den Raum.

Was ich dort vorfand, ließ mich wie angewurzelt stehen bleiben. Zwei Männer, etwas jünger als ich, waren gerade dabei zwei Koffer auszupacken, der Fernseher lief mit lauter Musik und von Ida war weit und breit nichts zu sehen. *Wo war Ida?*

„Was zum Teufel machen Sie da!" schrie ich in aller Aufregung und weiter: „was haben Sie in meinem Zimmer zu suchen? Verschwinden Sie! Ida? Was haben Sie mit meiner Frau gemacht? Ida! Hier, packen Sie Ihre verdammten Koffer und hauen Sie endlich ab!" Ich war rasend vor Wut, in absoluter Rage. Ich griff das erstbeste Hemd das am Bett lag und warf es in die offen stehende Reisetasche. Die zwei Männer standen nur da und verstanden Bahnhof. Ihre Augen glotzten mich riesengroß an, ihre Münder standen offen. Worte kamen keine. Drei volle Minuten war es totenstill. Bis, ja bis einer der zwei Herren plötzlich auf mich zu kam, mich am Arm packte und fragte: „Was meinen Sie? Das ist UNSER Zimmer. 312. „Hafenbräu". Sie stehen gerade in dem Zimmer, das WIR für eine Woche gemietet haben, Herr...?" „Puchner", antwortete ich, vollkommen durcheinander und mit einem Kopf voll mit Blitzlichtgewitter.

Als nächstes erinnere ich mich daran, dass ich auf einem Stuhl saß, ein Glas mit eiskaltem Wasser in Händen hielt und Idas Stimme hinter mir vernahm.

Ida! Sie war wieder da! Jetzt wird alles gut, dachte ich und schloss vor Erleichterung die Augen.

Hotel „Hafenbräu" war richtig, unser Zimmer allerdings nicht. Nummer 312 war eindeutig falsch, 213 wäre richtig gewesen, im 2. - anstatt in dem von mir gewählt dritten Stock - gelegen. *Das kann passieren*, dachte ich und Ida dachte das auch. Sie ist einfach großartig, strukturiert und klar in allem was sie tut, so dermaßen schlau, dass ich mir manches Mal denke: was täte ich nur ohne sie...

Bei den beiden Männern, in deren Räumlichkeiten ich irrtümlich eingedrungen war, entschuldigte ich mich tags darauf vielmals, erklärte, dass wahrscheinlich die Sonne und die fremde Umgebung und dann hatte ich es ja auch eilig gehabt und ... "Entschuldigung meine Herren. Ich bitte vielmals um Entschuldigung. Solch ein dummes Versehen aber auch. Wenn ich Ihnen als kleine Wiedergutmachung diese Flasche Wein überreichen dürfte..."

Das nächste Mal würde ich besser aufpassen, das hatte ich mir geschworen, stärker konzentrieren, genauer überlegen. Wahrscheinlich braucht mein Gehirn nur ein bisschen mehr an Fitnesstraining, gleich wie die Muskeln des restlichen Körpers auch. Ich würde ihn trainieren, meine Kopf, ab morgen. Das nahm ich mir fest vor, überreichte die Weinflasche, nahm Ida an der Hand und wir gingen zu Bett.

Die ersten Momente des Erspürens, dass irgendetwas nicht stimmte - im Kopf - obwohl belesen, ein Leben lang lernend, fit wie ein Turnschuh und stets auf ganzheitliche Gesundheit bedacht; zu bemerken, dass etwas vorging - dort oben in den Windungen des bislang höchst präzise arbeitenden Gehirns – diese Momente waren mit drückender Angst besetzt im Innen. Die Augenblicke des Realisierens dann, welche in den hellwachen Augen aufblitzten und mehr, beängstigten neben tief drinnen das Außen dazu...

...und die stummen Tränen sprachen das ihre...

Allerheiligen

Wie jedes Jahr zu Allerheiligen fuhren wir auch dieses Jahr zum nahegelegenen Friedhof im Stadtteil Hötting, um dort das Grab meiner Eltern mit neuen Blumen zu versorgen, Kerzen zu adaptieren und es für den Allerheiligenabend zurecht zu machen.

Mit zwei neuen Wachslichtern bepackt, legten wir auf dem Weg zum Friedhof noch einen Stopp beim örtlichen Blumengeschäft ein, um ein passendes Gesteck für den letzten Ruheplatz meiner Eltern zu besorgen. Wie meistens, fuhr auch diesmal wieder ich als Fahrer mit dem Auto, Ida saß neben mir. Zum Glück, ich war ihr sehr dankbar, denn schon bei der Einfahrt nach Innsbruck war ich mir nicht mehr sicher, ob wir kurz nach der Ortschaft Völs den rechten oder den linken Weg nehmen sollten. Es war wie immer viel los auf der Straße vor den Feiertagen. Kurz vor dem Kreisverkehr sah ich zu Ida und fragte etwas unsicher: „Wir fahren nach links?" „Nein, Georg, nach rechts. Wir fahren nach rechts. Zum Friedhof, du weißt doch."

Ich blinkte und fuhr weiter. Glücklicherweise fanden wir kaum zehn Meter von der Kirche entfernt einen Platz um zu parken. Beim Jugendzentrum gleich um die Ecke. Ich stellte das Auto ab, wir beluden uns mit den Kerzen und dem eingekauften Blumengesteck und machten uns auf den Weg zum Grab der Eltern. Ida ging vor, ich gleich hinter ihr. *Welch friedlicher Ort,* dachte ich mir und wie immer an Allerheiligen, kam ein Moment der Ruhe auf in mir beim Anblick der schön gepflegten Gräber und der Kerzen, die bereit standen, in Kürze ihren friedvollen Schein über den Garten der Endlichkeit zu legen.

Wir gruben die verblühten Blumen aus, stellten die abgebrannten Lichter zur Seite und brachten die mitgenommenen Sachen geordnet an, arrangierten liebevoll und verweilten anschließend noch einen Moment in Ruhe - im Andenken an meine Eltern.

Als es Zeit wurde zu gehen, packten wir sorgsam Werkzeug und Abfall zusammen, verstauten alles in den mitgebrachten Säcken und machten uns auf den Weg zurück zu unserem Auto. Diesmal ging ich voran. Der Friedhof kam mir plötzlich vor wie ein riesengroßes Labyrinth aus brennenden Kerzen, duftenden Blumenkränzen und unzähligen Grabsteinen. Alles schien gleich auszusehen. Jeder Weg den ich einschlug, schien in einer Sackgasse zu enden, immer weiter entfernt vom Eingang. „Ida?" fragte ich. „Ja", kam es zur Antwort. „Unser Auto steht...", ich überlegte. Ida meinte: „Gleich neben dem Jugendzentrum, du weißt doch, links vom Friedhof!" Natürlich! Links vom Friedhof gleich neben dem Haus der Jugend. In meinem Kopf arbeitete es. Die Wege in meinem Kopf versuchten, eine Ordnung zu finden, versuchten mich zu leiten, zu lotsen, aber es war dunkel, nicht nur am Friedhof selbst, sondern auch in meinem Kopf schien ich vor lauter Dunkelheit, die Straßenkarte zu unserem Auto nicht mehr finden zu können. Ich wurde nervös. Ida, die neben mir ging, unruhig. „Georg, da vorne! Gerade aus, links, dann rechts, vor zum Jugendzentrum und dort auf der linken Seite steht unser Auto. Komm schon!" Sie sah mich an und schien die Panik zu bemerken, die in mir aufzusteigen drohte. Da sagte sie nichts mehr, warf mir einen beruhigenden Blick zu und übernahm die Führung. Ich trottete ihr, immer noch geistig umnebelt, hinten nach. Links, rechts, gerade aus, vorne neben dem Jugendzentrum nach links – direkt zu unserem Auto. Dort angekommen, nahm ich am Beifahrersitz Platz. Das Fahren übernahm diesmal Ida. Dafür war ich ihr unendlich dankbar.

Die Fahrt nachhause flog an mir vorbei. In meinem Kopf wiederholte sich der Weg vom Grab bis zum Auto immer und immer wieder. Ich versuchte, zu rekonstruieren. Rechts, links, gerade aus und vorne links zum Haus der Jugend. Und doch, trotz all dem Rezitieren der Himmelsrichtungen, schien ich die richtige Reihenfolge von Mal zu Mal wieder zu vergessen. Rechts zuerst? Links zuvor? Oder doch gerade aus?

„Georg?" hörte ich Ida nun an meiner Seite fragen. „Möchtest du nicht aussteigen? Wir sind zuhause."

Orientierung vernebelt.

Länder, Berge, Straßen... Karten waren beim ersten Mal Erkunden lediglich von Nöten, wiederholtes Zurückkehren auf den richtigen Wegen passierte – einfach so.

Ein wandelnder Kompass – für uns Kinder ein Phänomen.

... ein Kompass, der langsam im Nebel zu verblassen schien.

Lebensabschnitt neu

Meine Pensionierung sollte in wenigen Wochen stattfinden.

Ich arbeitete gern – all die Jahre. Aktiv, engagiert, ideenreich und effektiv. Lebenslanges Lernen war mein Credo. Auch ich lernte in meiner Arbeit täglich Neues dazu. In den letzten Monaten allerdings kam es mir vor, als würde dieses Hinzulernen täglich schwerer fallen. Aber ich konnte mir behelfen. Ich hatte Zettel. Zettelchen. Um mich. Jede Menge. Große, kleine, Din à 4 Blätter, Post it und Stifte sowieso. Ich behalf mir, indem ich mir Notizen schrieb. Fein leserlich auf einem weißen Zettel, auf einen bunten oder je nach Bedarf. Diese Zettel verteilte ich sorgsam im Büro und zuhause. Dinge, die erledigt werden sollten, Dinge, die mir in den Sinn kamen... *nicht, dass sie plötzlich wieder verschwinden aus den grauen Gehirnzellen*, dachte ich mir. Was es allerdings zu bedenken gab, war die Lage der Zettel. Denn es kam sehr wohl das eine oder andere Mal vor, dass die Notizen zwar ihren Weg auf das Blatt Papier gefunden hatten, der Zettel selbst allerdings verloren ging, beziehungsweise ich selbst nicht mehr ausmachen konnte, wohin ich ihn gelegt hatte.

Die Arbeit fiel tatsächlich schwerer. Vorträge zu halten, Mitarbeitergespräche zu führen, Kurse zu eröffnen... all dies erforderte eine enorme Anstrengung meines Kopfes. Diese geistigen Tätigkeiten schienen mich förmlich auszupowern. Ich hatte ein gutes Team um mich, Freunde eigentlich, die mich unterstützten, denen ich zu verstehen gab, wie sehr ich mich auf meine Pensionierung freute und dass ich nun froh sei, dass all das Organisieren, Bereden und Strukturieren ein Ende hatte, und ich mich wirklich auf meinen neuen Lebensabschnitt freute. Tief in mir spürte ich allerdings, dass sich etwas verändert hatte. Nicht nur im Außen, an meiner Arbeitssituation, auch in mir. In meinem Kopf. In meinen Gedankengängen. In dem was ich tat, was ich dachte, konnte ich plötzlich keine Struktur mehr erkennen. Die Struktur schien allmählich verloren zu gehen. Ida erzählte ich nichts darüber. Ida machte sich sehr schnell Sorgen und sie zu beunruhigen, war das Letzte, was ich wollte.

Ich war froh, dass ich nach der auf mich hereinprasselnden Welt der Arbeit, nun zuhause mit meiner Familie gewohnte Wege gehen konnte. Das Gewohnte war mir lieb. Alles Neue eine unwahrscheinliche Herausforderung, ermüdend, ja teilweise sogar beängstigend. Meine Pensionierung stand also vor der Tür und mein neues Leben sollte starten. Mit Ida an meiner Seite. Mit Reisen um die ganze Welt. Mit Aktivitäten mit unseren Ekeln, unseren Kindern, mit Arbeiten rund um das Haus, Spaziergängen, Wanderungen, kulturellen Veranstaltungen und vielem mehr. Ich war einst rege und fleißig in meiner Arbeit, das ganze Leben lang. Dies sollte sich nun bezahlt machen, denn mit der Höhe des zu erwartenden Pensionsgeldes konnte ich mich auf ein finanziell entspanntes Altern freuen. Die Arbeit war getan, nun konnte der Genuss beginnen!

Kompliziert gedacht, ausschweifend gesprochen, um Ecken geplant. Alles ganz normal, wie immer oder doch anders – gespeichert? Vom grauen Nebel bedroht?

Die ersten Anzeichen von etwas Großem zu erkennen, stellt sich meist als nicht gerade einfach dar… auch nicht in diesem Fall.

Navigationsfehler

Was mich von frühester Jugend an faszinierte, waren Landkarten, Straßenkarten und ähnliches mehr. Wie faszinierend doch all die Wege die zu nehmen möglich, um an ein gewünschtes Ziel zu gelangen! Nicht nur einmal fuhren wir, Ida mit der Landkarte auf ihrem Schoß und ich am Lenkrad, durch fremde Städte, erkundeten neue Plätze und kamen durch manchen Umweg an den schönsten Orten vorbei. Eine ganze Bibliothek an Straßenkarten hatte ich mir im Laufe der Zeit angesammelt. War ich einmal dort, prägte ich mir den Weg beinahe fotografisch ein und somit war beim zweiten Mal meist keine Karte mehr nötig, lag dann nur noch pro forma halber auf Idas Oberschenkeln. Mit einer Straßenkarte durch eine fremde Stadt zu spazieren, zählte für mich zu einer der schönsten Tätigkeiten, nahm man doch den fremden Ort erst dadurch in seiner vollen Schönheit zur Gänze wahr. In den letzten Monaten allerdings änderte sich diesbezüglich irgendetwas. Selbst in meiner näheren Umgebung schienen Häuser immer wieder aufs Neue an Ecken aufzutauchen und ich konnte mich nicht erinnern, sie dort zuvor schon einmal gesehen zu haben. Altbekannte Wege gab es immer weniger, alles schien sich mir zu entfremden. Die Tatsache, dass man mein persönliches Kopfnavigationssystem immer weniger zu funktionieren schien, verunsicherte mich zunehmend. Nicht nur einmal ertappte ich mich dabei, plötzlich an einer Stelle zu stehen und nicht mehr zu wissen, ob ich nun besser den rechten oder den linken Weg einschlagen sollte. Ja, es passierte sogar, dass mir ganz plötzlich entfiel, wohin ich eigentlich wollte. Man kann sich vorstellen, dass diese Momente ein unwahrscheinliches Unbehagen hervorriefen. Panik, gepaart mit dem Gefühl des Verloren-sein stieg in mir auf.

Auch an diesem einen Sonntag, an dem ich, wie oft um die Mittagszeit, mit meinen Laufschuhen eine Runde zum Joggen unterwegs war. Als ich mich auf den Weg machte, schimpfte Ida – wie meistens, wenn ich beschloss, zur größten Mittagshitze eine Schleife zu laufen – und sie meinte: „Wie kann man nur?... bei den höchsten Temperaturen, mitten am Tag, wo doch so viele Stunden mehr zur Verfügung stehen - würden... laufen gehen? In einer Gegend, wo sonst kaum jemand unterwegs?!" Diese Ängste verstand ich nicht. Ich war schließlich ein Herr in den besten Jahren und von bester körperlicher Fitness. Ein bisschen Sonne konnte mir da gar nichts antun, erklärte ich, winkte Ida zu und lief meines Weges.

15 Minuten lang rannte alles bestens. Ich war dort unterwegs, wo ich täglich meine Runden lief. Unter der Bahntrasse hindurch, an den Feldern vorbei, hin zur örtlichen Kläranlage und noch ein

kleines Stück weiter in Richtung des nächsten Ortes. Bis, völlig unerwartet und plötzlich, ein derartiges Schwindelgefühl aufkam, und ich mich setzen musste. Meine Beine schienen mich nicht mehr zu tragen, wirkten wie Gummi eher, gaben unter der kleinsten Belastung nach und machten mich wanken. Ich saß da, und mein Kopf begann sich zu drehen. All meine Gedanken schienen Achterbahn zu fahren. Ich konnte mich plötzlich nicht mehr daran erinnern, was ich eigentlich und um alles in der Welt hier – mitten im Nirgendwo – zu tun hatte… dort im Grün und zwischen den Feldern. Wohin wollte ich? Wie sollte er mich zurückführen mein Weg? Zurück wohin? Abermals stieg Panik in mir auf. Ich griff in meine Hosentaschen, um zu prüfen, ob ich ein Taschentuch eingesteckt hatte, um mir den Schweiß von meiner Stirn zu wischen. Taschentuch fand ich keines, stattdessen aber einen Zettel, beschrieben mit Idas Handschrift. Ich atmete durch: „Ida!" pochte es in mir. Ich faltete das Stück Papier auseinander und begann zu lesen. Arnold-Steiner-Weg 12, 6175 Kematen. Ein Seufzer der Erleichterung ertönte beim Anblick dieser Worte. Bekanntes schien langsam wieder aufzuflackern – vor meinen Augen und drinnen in meinem Kopf.

Wie ich da saß am Wegesrand, kam plötzlich eine Frau mit Hund an der Leine auf mich zu. „Guten Tag, Herr Puchner", sagte sie freundlich, sah mich an und fragte: „alles in Ordnung mit Ihnen?

Kann ich Ihnen behilflich sein?" „Guten Tag Frau... wie lieb von Ihnen. Ja tatsächlich, mir war etwas schwindlig, aber inzwischen geht es schon wieder und ich, ich werde mich jetzt dann auf den Rückweg machen..." Weiter kam ich nicht, denn gerade als ich im Begriff war, mich wieder vom grünen Gras zu erheben, da nahm die freundliche Dame mich beim Arm, half mir aufzustehen und meinte: „ Kein Problem Herr Puchner, ich spaziere mit Ihnen gemeinsam, ich bin ohnehin auf dem Rückweg. Da freue ich mich über Ihre Gesellschaft und außerdem... geht es sich zu zweit seit jeher leichter und unterhaltsamer als allein. Kommen Sie..."

Der Weg zurück kam mir fremd vor. Gerade so, als wäre ich noch nie zuvor an all diesen Örtlichkeiten vorbeigegangen. Die Dame an meiner Seite allerdings und ihr Hund gaben mir Sicherheit und ich folgte ihnen, unwahrscheinlich erleichtert, sie bei mir zu wissen. Erst als wir um die letzte Kurven bogen, schienen sich die Bilder meiner Erinnerungskarte langsam wieder zusammenzufügen. „Herr Puchner, ist Ihre Frau zuhause?" „Meine Frau... Ida... Ja, ich denke schon...", antwortete ich und wollte fortfahren zu berichten, als ich sie vor das Haus treten sah.

Und dann ist er gerannt. Und gerannt. Und gerannt.

Von sich selbst davon, hinein in seine eigene, uns vorbehaltenen Welt.

Um sich dort mit sich zu verlaufen…

2. Kapitel

Mini-mental-testing

23. Juni, Montag. Heute war der Tag, an dem unser Termin an der Neurologie Innsbruck zum mini-mental-testing eingeplant war. Ida hatte diesen Termin vereinbart, bereits vor einem Monat. Die Wartezeit dafür war lang. Anscheinend mussten viele Menschen getestet werden, mental, ob noch alles funktionierte, wie es sollte. Ida meinte, es wäre gut, nachprüfen zu lassen, ob vielleicht mein Schwindel mit dem Vergessen, das in letzter Zeit immer mehr zu werden schien, zusammenhängen könnte. Sie meinte, dafür wären die Ärzte der Neurologie die besten, um dies herauszufinden.

Wir machten uns am Montagmorgen nach Kaffee und Frühstücksbrot zu zweit mit dem Bus auf den Weg in die Stadt. Ida wusste genau, wo wir hinzugehen hatten: dritter Stock, Neurologie Ambulanz, Aufnahmeschalter. Sie nannte unseren Namen, den meinen – Georg Puchner – mein Geburtsdatum und sie gab noch einmal die genaue Uhrzeit bekannt, zu welcher wir unseren Termin einst vereinbart hatten. Gleich nachdem meine Daten aufgenommen waren, gab mir die Frau an der Anmeldung ein Formular und einen Stift und bat mich, die Fragen auf dem Zettel auszufüllen. Sie meinte, ich solle es ausfüllen, so gut ich könne.

Was sie wohl damit meinte? dachte ich und begann umgehend mit Frage Nummer eins.

Beruf? *Schulungsleiter.*

Berufsort? *Innsbruck.*

Unternehmen, wo dieser Beruf ausgeübt wird? Ich überlegte einen kleinen Moment, einen kleinen weiteren mehr... *Wirtschaftsförderungsinstitut.* Genau, das war es und ich schrieb es nieder.

Frage Nummer vier: welche Medikamente nehmen Sie derzeit ein? *Einige,* schrieb ich. Eigentlich waren es mehr als nur einige, aber für dieses Wissen war wieder einmal Ida zuständig. Sie gab mir jeden Tag zum Frühstück eine Hand voller bunter Pillen. Gegen meinen Schwindel, für eine bessere Durchblutung, Vitamine und etliche gesunde Tropfen mehr. Sonst noch etwas? Mehr fiel mir in diesem Moment nicht ein.

Vorerkrankungen? *Was darunter verstanden wird?* fragte ich mich und im Anschluss fragte ich Ida. Erkrankungen *vor* der jetzigen? *War ich krank?* Ich stupste Ida an und schob das Formular samt Stift auf ihren Schoß. „Willst du das vielleicht weiter ausfüllen?" fragte ich. „Ich muss dringend auf die Toilette... Die wäre wo?" Die freundliche Dame von der Anmeldung musste meine Frage gehört haben, denn sie deutete mit einem Lächeln rechts um die Ecke. Ich stand auf, ließ Ida mit dem Blatt Papier und den restlichen leeren Zeilen im Warteraum zurück und marschierte zielgenau auf das WC zu.

Die Toilette war tatsächlich einfach zu finden, das Geschäft bald verrichtet nur die Türe, die ich zuvor verschlossen hatte, ließ sich nicht mehr öffnen oder vielmehr wusste ich plötzlich nicht mehr, was ich mit diesem Knopf an der Tür, direkt unter der Schnalle zu tun hatte. Die Hose war bereits wieder angezogen, die WC-Spülung betätigt und somit stand ich – fix und fertig - vor einer verschlossenen Tür ohne zu wissen, wie ich wieder aus dieser kleinen Kammer nach draußen treten konnte. Mir im Weg stand dieser Knopf direkt unter der Türschnalle. *Ziehen? Drücken?* Alle möglichen Varianten gingen mir durch den Kopf, doch nichts schien zu funktionieren.

Da spürte ich sie plötzlich wieder, diese Unruhe, die in mir auf-zusteigen begann. Gerade so wie vor ein paar Monaten am Friedhof. Ich merkte, dass irgendetwas nicht stimmte, doch dieses Irgendetwas ließ sich nicht einordnen. Ich wusste, ich muss-te mit diesem Knopf etwas machen, nur fiel mir nicht ein, was das sein sollte. Es schienen Stunden zu vergehen, bevor meine Hand plötzlich und wie von selbst an den Türknauf fasste und ihn nach rechts drehte. Ich drückte die Schnalle nach unten und schon sprang es auf, das Tor in meine Freiheit. Geschafft. Es hatte funktioniert. Knopf drehen, Schnalle drücken, Türe öffnen. Kein Problem, alles in Ordnung.

Ich wusch mir die Hände, trocknete sie und ging zurück nach draußen, um neben Ida wieder Platz zu nehmen. Das Anmeldeblatt war inzwischen vollständig ausgefüllt. „Alles in Ordnung Georg?" fragte Ida und ich nickte. Ich wischte mir mit dem Handrücken die Schweißperlen der Aufregung von der Stirn und atmete tief durch.

Schwester Silvi, so stellte sich die junge Dame mit dem langen blonden Haar vor, nahm mich nach zirka 15 Minuten in das Zimmer gegenüber dem Wartebereich am Ende des Flurs mit. Sie bat mich, an dem kleinen Tisch beim Fenster Platz zu nehmen, legte einen Papierbogen verkehrt vor mir auf die Tischplatte und erklärte, was ich zu tun hatte. Es seien auf diesem Blatt einige Fragen abgebildet, manche, die ich schriftlich beantworten sollte, manche, deren Antwort zu zeichnen war und manche Fragen, die Schwester Silvi mir persönlich stellen wollte. *So weit, so gut*, dachte ich mir, nahm den Stift in meine Hand und machte mich bereit. Dabei fragte ich mich, wozu diese Tests wohl gut sein sollten und wie man dadurch die Lösung auf das Problem meines schwindlig-Seins finden wollte.

Schwester Silvi war sehr freundlich. Sie nahm die Stoppuhr in die Hand und lächelte mir zu. „Sind Sie bereit, Herr Puchner?" fragte sie, ich nickte und begann zu lesen.

Frage 1: Welcher Tag ist heute?

Frage 2: In welchem Jahr?

Frage 3: Im Moment befinden wir uns im Monat...

Frage 4 stellte mir die blonde Dame, die mir gegenüber saß: „Schätzen Sie, Herr Puchner, wie spät es jetzt zirka ist?"

Als nächstes fragte sie: „Würden Sie bitte zehn nach elf auf der Uhr vor Ihnen am Blatt einzeichnen? Dankeschön!"

Und weiter: „Würden Sie bitte einen vollständigen Satz auf das Blatt vor Ihnen schreiben, Herr Puchner? Sie haben eine wirklich sehr schöne Schrift! Würden Sie vielleicht versuchen, ein klein wenig größer zu schreiben, damit der Herr Doktor Ihre Schrift besser lesen kann?"

Die blonde Schönheit, die sich als Schwester Silvi vorstellte, war wirklich reizend. Der Test ging noch einige Zeit weiter. Dabei kam es mir vor, als würden die Fragen immer schwieriger und die Zeit zum Antworten immer kürzer. Ich bekam zunehmend Zeitdruck, begann zu schwitzen und meine Hand wurde nervös und unruhig. Dann wollte ich nur noch hinaus. All das hier wurde mir eindeutig zu viel. Ich wollte Ida. Ich wollte Medizin gegen meinen Schwindel. Diese komischen Fragen sollte sich die freundliche Schwester Silvi sonst wo hin stecken. Genau das machte ich vehement und deutlich klar. Mir tat das dann auch leid, dass ich laut geworden war und ich den Stuhl derart energisch nach hinten geschoben hatte, doch in dem Moment konnte ich nicht anders. Das alles wurde mir einfach zu viel. Stau auf der Gedankenautobahn. Ich brauchte dringend eine Pause. Schwester Silvi reichte mir ein kaltes Glas Wasser und sprach beruhigend auf mich ein. Ich mochte Schwester Silvi. Doch Ida war mir lieber. Zum Glück war sie noch immer da, draußen im Wartezimmer, bereit, im notwendigen Moment an meiner Seite zu sein.

Der Test war zu Ende. Das Gespräch mit dem zuständigen Arzt sollte eine Woche später stattfinden - im Beisein von Ida.

Da das Testen im Test beim Getesteten die Emotionen fließen lässt und der Trauer ihren Lauf, sei das zu erwähnende Ergebnis hierzu der Beschluss, dass in Zukunft der Test den Pfeffer testen soll, gerade dort wo er wächst...

Georgs Liste

Da habe ich also von dem Oberarzt mitgeteilt bekommen, dass ich krank bin. Auch wenn ich mich nicht krank fühle eigentlich. Vollkommen fit bin ich, würde ich sogar sagen. Der Herr Oberarzt meinte allerdings, das Problem liege in meinem Kopf. Ablagerungen, Knäuel, und Verschwinden von den Schaltstellen dort oben - in einem beträchtlichen Ausmaß.

Das klang bedrohlich.

Ich glaube allerdings für Ida mehr als für mich, denn ich wusste, *„das kann alles nur halb so schlimm sein, so gut wie ich trainiert bin!"*

Ida hat geweint in dieser Nacht.

Ich habe geschlafen.

Ein paar Tage später allerdings, als ich auf der Terrasse saß, kamen auch mir die Tränen. Ich konnte zwar nicht einordnen warum und wieso, aber irgendetwas in mir fühlte sich vollkommen verloren an. Ich fühlte mich hilflos und auf einer Welle schwimmend, die ich nicht kontrollieren konnte – ich musste ihr anscheinend einfach folgen, mich treiben lassen... Wohin?

Der Oberarzt gab Ida eine Broschüre mit. „Leben mit Demenz" stand drauf. „Sie leiden an Alzheimer Demenz, Herr Puchner", hatte er mir gesagt. Allerdings wurde den Worten meinerseits nicht wirklich Bedeutung zugemessen, denn schließlich litt ich ja nicht. Ich war, wie bereits erwähnt, vollkommen fit!

Demenz? Was ist das?

...fragte ich mich und dann trank ich meinen Kaffee.

Demenz

…kommt aus dem Lateinischen.

„de" – bedeutet „weg von" und

„mens" – wäre frei übersetzt „der Geist".

Somit geht man mit Anzeichen einer Demenz „weg vom Geist"? Wohin? – fragte ich mich da und las ein Stück weiter. *Die Demenz ist keine Krankheit*, stand da, *sondern ein Syndrom*. Also war ich doch nicht krank, sondern hatte lediglich ein Syndrom? Symptome hatte ich, ja, vielleicht meinte er meinen Schwindel damit, der Herr Oberarzt. Ähnlich wie der Schnupfen eines der vielen Grippesymptome ist wahrscheinlich. Ich lehnte mich zurück in meinen Stuhl und versuchte zu verstehen. Wenn ich eine Demenz hatte und der Schwindel zu diesen Krankheitszeichen gehörte, was war denn dann die Krankheit, die dahinter stand?

Eine Glocke läutete. „Luigi der Eismann ist da, Georg!" rief Ida. Hervorragend, dachte ich, freute mich auf meinen Becher Amarena Kirsch und hatte die Sache mit der Demenz vergessen.

Am Dienstag fand ich am Esstisch eine Broschüre mit dem Titel „Leben mit Demenz".

„Was ist denn eine Demenz?" fragte ich Ida beim Kaffee und Ida versuchte zu erklären…

„Da erkrankt das Gehirn, Georg. Es bilden sich Ablagerungen, die sich anhäufen wie Müllberge, verunglimpfen die ganze Umgebung und nehmen Platz weg. Platz der eigentlich zum Denken und Erinnern gebraucht würde. Immer mehr und mehr an Denkfläche wird zerstört und belagert. Deshalb fällt es dir auch zusehends schwerer, das Gleichgewicht zu halten, dich an Termine und Dinge zu erinnern, deine geliebten SUDOKUs zu lösen und von A nach B zu finden. Das ist der Grund, Georg, das ist der Grund…"

Ida weinte und ich wurde traurig. Es ist nicht schön, wenn es Ida nicht gut geht, dachte ich da.

Wenn ich einmal Demenz hab?…

überlegte ich, als ich am Donnerstag ein Heftchen mit den Worten „Leben mit Demenz" am Esstisch fand…

Wenn ich einmal Demenz hab, dann werde ich mir eine Liste schreiben, dachte ich für mich. Eine Liste die mich erinnert. An alle schönen Dinge die ich erlebt habe und nicht vergessen möchte.

An meine Freunde und deren Namen und Geburtstage und Telefonnummern und unsere ersten Begegnungen und vor allem an die Dinge, über die wir gemeinsam gelacht haben.

An meine täglichen Turnübungen.

An mein Lauftraining und meine neuen Laufschuhe.

An die Fotoalben im Keller, meine Zigarillos zum Mittagskaffee und an das schöne Gefühl das lacht, wenn ich an meine Ida denke.

Und dann fragte ich mich plötzlich, warum ich all das eigentlich auf dieses Blatt hier schrieb…

Tagebuch

Am Freitag habe ich in einem kleinen Büchlein, das ich zufällig am Esstisch gefunden habe – es hieß „Leben mit Demenz" – ein Bild von einem Tagebuch gesehen. Das hat mich erinnert. An das Tagebuch, das ich selbst einst schrieb.

Abends brachte Ida mir dann - als kleine Überraschung - ein neues. Ein Buch in das ich mein Leben schreiben könne, meinte sie. Meine Biografie, was, wenn man aus dem Griechischen übersetzt ja nichts anderes heißt, als über das Leben (bio) zu schreiben (graphie). Ich war einer der wenigen, die Altgriechisch wirklich gern hatten, in der Schule damals.

Anfangs allerdings war das mit dem Lernen nicht wirklich das Meine. Ich habe einmal sogar eine Klasse wiederholt, aber darüber spreche ich nicht besonders gern, auch nicht mit Ida, weil es keine besonders einfache Zeit war. Damals… war ich nicht nur einer der langsamen Lerner, sondern dazu noch ein etwas dicklicher, stotternder, langsamer Lerner. „Macht nichts", sagt Ida immer: „dafür bist du heute der schlauste, sportlichste und attraktivste Mann von allen!" Wie lieb ich sie doch hab, meine Ida, denk ich dann.

Ich glaub, daher kommt es auch, dass ich täglich voller Ehrgeiz meine Runden laufe, ich meine Ansprachen mit Bedacht und Sorgfalt wähle, stets akribisch recherchiere bei allem und jedem, ausarbeite, lese, lerne und sinnier, ich beim Essen ein Auge gern auf die Gesundheitskomponente richte und ich die Leichtigkeit des Lebens bei einem Tanz zu zweit immer wieder aufs Neue mit Genuss und Herz zelebrier.

Mein Lebensziel? frage ich mich zufällig heute...

Zu leben, dass die Erinnerungen sich nicht als Fakten, sondern als Geschichten aneinander reihen. Bunt, bewegt und echt. Ich glaube, ja, daran möchte ich mich gern erinnern...

„Essen gegen das Vergessen"

steht in der Zeitschrift „Leben mit Demenz" - über die bin ich heute zufällig am Esstisch gestolpert. Die muss Ida gebracht haben, wahrscheinlich. Aber was Demenz wohl mit vergessen zu tun hat und noch viel mehr mit dem Essen? Hat Ida ein Problem mit der Vergesslichkeit oder isst sie womöglich zu wenig? Das muss ich sie fragen, wenn sie kommt!

Omega3, Fisch, Kokos und Ei, Bananenwasser, Ballaststoffe, Rotwein in Maßen, wenig Zucker, viel Genuss - B Vitamine, Folsäure, Vitamin D, Curcuma, Mikrobiota, Kokoswasser, Gemüse im Allgemeinen und Brokkoli im Speziellen – und Schlaf, Schlaf, Schlaf

Idas Einkaufsliste ist lang und das, was sie damit kocht wunderbar. Fertiges aus der Tiefkühltruhe sehe ich kaum, alles was wächst, kommt nur biologisch zu uns nachhause, glücklich gelegt und fair gehandelt. Ida meint, das sei wahrlich ein Privileg, dass wir die Möglichkeit haben, uns gut und gesund zu ernähren. Und daher ärgert es Ida umso mehr, dass all diese abwechslungsreichen, ausgewogenen Speisen nichts genützt haben. Das Vergessen betreffend...

Und dann denke ich mir, wäre es nicht so weit? Wäre es nicht schon wieder Essenszeit?

„Später, mein Lieber, wir haben doch schon... Georg, schmeckst du es noch? Scholle, Spinat und Ei? Unser Essen ist noch keine halbe Stunde vorbei...

Körperliche Fitness, sie lebe sich alt und schlau!

Ida ist wirklich spitze! Sie erklärt mir immer wieder, dass wir, nur weil wir jetzt in Pension sind, nicht einfach auf der faulen Haut liegen sollten. Sie meint, das tue uns nicht gut. Wahrscheinlich hat sie Recht. Auch wenn es zunehmend schwieriger wird, die Rätseltextlücken mit den passenden Wörtern zu füllen, Rumba anstatt Walzer zu tanzen, Karotten händisch zu reiben, den Buchstabensalat in die richtige Reihenfolge zu bringen, „Mensch ärgere dich nicht" zu spielen, ohne die Regeln zu vergessen, beim Tischtennis nicht die Bälle zu verlieren und die Neuigkeiten des Tages vom Lesen in der Zeitung richtig zu erinnern.

Kaum zu glauben, aber just heute hat Ida mir eine Broschüre zum Kaffee gebracht - die nennt sich „Leben mit Demenz", die war mir ganz neu, aber dennoch sehr interessant. Darin konnte ich lesen, wie wichtig es ist, sich geistig und körperlich zu fordern, um zu fördern, um flexibel und fit zu bleiben – in Körper und Geist.

Man liest, Herzgesundheit sei gleich Hirngesundheit. Eine schlaue Feststellung, äußerst schlau! Zum Glück habe ich, seit ich denken kann, meine Gesundheit stets in den Mittelpunkt gestellt.

„Ich verstehe das nicht", bemäkelt Ida, setzt sich, schüttelt den Kopf und vergräbt den Kopf in den Händen.

„Manchmal kommt es einfach wie es kommt", antworte ich da, auch wenn mir nicht wirklich klar ist, was im Anmarsch sein soll...

vorbeugen – vorbereiten – vorleben – vorschreiben

…vor dem großen Chaos im Kopf…

Ida und die Männer

Jetzt kenne ich Ida doch schon ein wenig länger als nur ein paar Jahre. Ich meine, ich kenne sie wirklich, dachte ich - bis vor kurzem. Denn seit ein paar Tagen gehen andere Männer ein und aus. In unserem Haus! Man stelle sich vor, es ist abends. Ich bin da und Ida ist es ebenso. Kaum verlasse ich das Zimmer, erscheinen andere Herren. Sie sprechen mit Ida, sie klopfen ans Fenster. Sie gehen durch unsere Türe in unserem Haus ein und aus, ganz ohne mich zu fragen, ob ich damit überhaupt einverstanden bin, sie hier zu haben, in meinem Haus, bei meiner Frau. Ich habe versucht, mit Ida darüber zu sprechen, aber das will sie nicht. Jedes Mal wenn ich dieses Thema auf den Tisch bringe, wird Ida ärgerlich. Nicht nur ärgerlich, nein, wütend wird sie und traurig. Nicht nur einmal kamen ihr am Ende unserer Diskussion die Tränen. Sie spricht von Unverständnis, sie sagt, sie kann es nicht verstehen, dass ich derart auf meinem Standpunkt beharre, obwohl niemand da sei außer ihr und mir. Kein anderer Mensch. Kein anderer Mann. Niemand. Warum sie das sagt, weiß ich nicht. Schließlich habe ich sie gesehen. Schließlich sehe ich sie! Beinahe jede Nacht kommen und gehen sie, wie gesagt, vollkommen ohne zu fragen, gehen sie ein und aus in meinem Haus. Somit muss ich bereits am frühen Abend beginnen zu kontrollieren, ob alle Fenster geschlossen sind, alle

Türen versperrt und kein Weg ins Haus frei zugänglich ist. Ida kann das nicht verstehen, sagt immer wieder, ich solle aufhören... zu kontrollieren. Letzte Woche habe ich mich dann einmal mit einem dieser Burschen unterhalten, habe gefragt, warum er da sei. Allerdings habe ich keine Antwort darauf erhalten. Ida hat geschimpft, weil ich um zwei Uhr morgens immer noch im Haus unterwegs war. Um zu kontrollieren, anstatt im Bett zu liegen. Sie meinte dann, sie könne das nicht mehr, sie müsse endlich wieder einmal schlafen, anstatt jede Nacht auf Einbrecherjagd zu gehen. Ich habe Ida daraufhin erklärt, dass ICH überhaupt nicht müde sei, schließlich hatte ich extra am Nachmittag „vor"-geschlafen und auch am Vormittag ein wenig. Ida meinte, das komme von den Medikamenten, die ich in der Früh und zu Mittag einzunehmen habe. Sie meinte, die Medikamente wären wohl Schuld daran, dass ich mehr tagsüber schlief, als in der Nacht.

Vor ein paar Tagen beschloss Ida dann, dass wir gegen diese nächtlichen Besuche der Männer etwas tun müssten. Endlich verstand sie mich. Ich schlug vor, Nachtwache zu halten. Idas erster Vorschlag war, um neun Uhr abends ein großes Glas Bier zu trinken. Eine gute Idee, da gab ich recht. Als ich allerdings trotz Gute-Nacht-Bier meine Nachtwache über mehrere Tage hinweg fortsetzte, war Ida plötzlich gar nicht mehr überzeugt davon, dass dies solch ein hervorragender Einfall war. Ich muss gestehen, dass sich diese nächtlichen Kontrollgänge und der damit zusammenhängende Schlafmangel allmählich auch bei mir bemerkbar machten. Die allabendlichen Besucher waren offensichtlich hartnäckiger als gedacht. Eigenartig war nur, dass Ida sie nie sah und auch nicht mit ihnen zu sprechen schien. Ida war jede Nacht an meiner Seite. War ich munter, war sie es auch. Das Ganze ging einige Wochen lang, bis zu dem einen Abend, an dem Ida mir diese gelbe Vitaminpille zum Abendessen reichte. Kräuter mit einer Spezial-Wirkung. Wir hatten gerade zu Abend gegessen, da begleitete Ida mich in den oberen Stock ins Bad. Ich wusch mich dort, putzte mir die Zähne und keine zehn Minuten später lag ich im Bett und träumte.

Ida träumte nun auch wieder. Ihre Ringe unter den Augen verschwanden und die nächtlichen Besuche der Männer hörten auf. Eine Zeit lang zumindest.

Das Unverständnis gegenüber dem nicht-Verstehen, weil nicht ersichtlich für alle außer ihm, macht Angst, Ärger und Allein – beiderseitig, verständlicherweise.

Bad Ischl

In diesem einen Sommer beschlossen Ida und ich, nach Bad Ischl zu fahren. Ida hatte das vorgeschlagen. Sie kannte wohl ein Gasthaus mit exzellent guter Küche. Das Besondere daran war, dass es dort eine Therapiestätte gegen das schwindlig-Sein gab. Das war praktisch, denn mein Schwindel sagte immer noch täglich „Hallo". Eine gute Idee also, unseren Urlaub eben dort zu verbringen. Wir sollten zwei Wochen bleiben.

Ida packte eifrig unsere Koffer, den ihren und den meinen. Sie war einfach schneller und derart eifrig in Fahrt, *da lass ich sie einfach machen*, dachte ich, legte mich inzwischen auf den harten Stubenboden und begann mit meinen Turnübungen. Körperliche Fitness ist schließlich wichtig. Tagtäglich durchgeführt, sind diese Übungen unerlässlich für den muskulösen Erfolg.

Als alles fertig gepackt war, luden wir die Koffer in unser Auto ein. Ida setzte sich ans Steuer, ich mich neben sie auf den Beifahrersitz und die Reise konnte beginnen. Wie perfekt Ida all das managte. Sie packte, saß hinter dem Steuer, fand ihren Weg... wunderbar! Wobei ich trotz all ihrer zielstrebigen Fahrerei von Zeit zu Zeit beschloss, dass eine Pause angebracht wäre. Gleich im Anschluss an diesen Gedanken griff meine Hand an die Autotür und versuchte, diese zu öffnen. Dies war Ida allerdings gar nicht recht und sie begann, laut zu protestieren. Verständlich irgendwie, denn mitten auf der Autobahn war das mit dem Aussteigen vielleicht auch wirklich keine gute Idee. Das zweite Mal als ich austreten wollte, um eine Rast einzulegen, war auf der Bundesstraße. Da hätte sie ruhig etwas leiser sagen können, dass das jetzt nicht geht, aber schließlich war viel Verkehr und man musste sich ja konzentrieren, da konnten die Nerven schon einmal etwas blank liegen.

Die restliche Fahrt verlief problemlos. In Bad Ischl angekommen, sahen wir ein sehr schönes Gasthaus vor uns. Im traditionellen Stil erbaut, hatte es offensichtlich schon viele Jahre am Buckel, war aber dennoch in einem wunderbaren Zustand. Wir wurden herzlich empfangen, man zeigte die Zimmer und es wurde bekanntgegeben, dass es um 14 Uhr ein erstes Kennenlernen bei Kaffee und Kuchen im großen Gastsaal geben werde. Ida schien erfreut. Ich jedoch dachte mir: *welches Kennenlernen brauche ich, um meinen Schwindel zu bekämpfen?* - aber Ida wird das schon wissen. Unser Gepäck wurde auf das Zimmer gebracht, wir machten uns frisch und schlenderten pünktlich um 14 Uhr in den großen Kennenlernsaal. Wir waren offenbar nicht die einzigen, die neu hier im Haus waren, denn es wimmelte plötzlich von Paaren unseres Alters. In der Mitte der Ansammlung standen eine Frau und ein Mann mit einem Mikrofon in der Hand. „Herzlich willkommen hier im Oxner Hof!" hieß es. „Es freut uns sehr, dass Sie die nächsten zwei Wochen hier mit uns verbringen möchten. An meiner Seite steht Martin, unser Therapeut. Er wird sich um Ihr körperliches Wohl kümmern. Verspannungen, Krämpfe oder einfach nur Entspannung – bei Martin sind Sie auf jeden Fall in guten Händen. Ich selbst bin Marion und ich werde das Kreativprogramm mit Ihnen bestreiten. An unserer Seite haben wir noch einige Assistenten, die Sie im Laufe der Woche genauer kennen lernen werden. Wir wünschen Ihnen eine wunderschöne Zeit hier im Oxner Hof und freuen uns auf die gemeinsamen Tage!" Die Paare klatschten und so klatschte auch ich. Wir tranken unseren Kaffee und aßen das Stück Kuchen. Wunderbar schmeckte der, wunderbar, köstlich! Dies musste ich der Runde natürlich sofort mitteilen. Dazu stand ich auf und rief wie es sich gehört: „Wunderbar, wunderbar, köstlich dieser Kuchen!" und klatschte. Im Anschluss daran setzte ich mich wieder und aß weiter.

Später am Tag gingen wir eine Runde spazieren. Ida machte diesen Vorschlag, um die Umgebung ein bisschen zu erkunden. Nach dem ersten Kennenlernen der Umgebung beschlossen Ida und ich eine kleine Rast auf unserem Zimmer einzulegen. Wir packten unsere Koffer aus – oder besser - Ida packte unsere Koffer aus. Ich legte mich auf das Bett und turnte. Beine hoch, Beine nieder, Arme zur Seite, Arme tief, Knie beugen. Körperliche Ertüchtigung ist wichtig. Egal ob zuhause oder irgendwo anders. Neben dem Bett auf unserem Nachtkästchen lag das

Wochenprogramm auf Papier geschrieben. Ida nahm den Zettel und las vor. „Hör Georg, fantastisch, hier gibt es eine eigene Tanzgruppe. Am Dienstag können wir zum Singen kommen und Wanderungen werden auch angeboten. Du hast deine eigenen Zeiten, zu denen speziell gegen deinen Schwindel etwas unternommen wird, während ich eine Entspannungseinheit einlegen kann. Wunderbar!" Aha, dachte ich, etwas tun, damit das schwindlig-Sein weniger wird, klingt gut, aber ohne Ida? Wenn, dann nur mit Ida beschloss ich und teilte ihr dies auch mit. Ich sagte: „Ida, wir machen das zusammen, alleine mag ich nicht, dann fahr ich wieder heim, wo ist der Schlüssel? Ich pack jetzt meine Koffer, das hier ist doch nichts für mich, ich fahre nachhause. Zu viele Menschen und alleine das Programm bestreiten, nein, ich packe und fahr heim!" Das passte Ida gar nicht, das sah ich genau. Sie stand da und versuchte, beruhigend auf mich einzureden, doch ich konnte stur sein. „Ich mache mich auf den Heimweg, beschloss ich, das hier, das ist nichts für mich!" wiederholte ich eindringlich. Ida nahm das Haustelefon, wählte eine Nummer von dem Zettel, den sie zuvor gerade gelesen hatte und keine fünf Minuten später klopfte es an unserer Zimmertür. „Grüß Gott, Herr Puchner, Marion hier. Ich habe gerade vorhin im großen Empfangsraum zu Ihnen gesprochen. Wie schön Sie hier zu haben! Darf ich Sie beide, Sie und Ihre reizende Gattin, zu unserem ersten gemeinsamen Nachmittag einladen? `Mit Schwung durch den Tag` was halten Sie davon? Wir haben tolle

Musik und viele Tänzer in unserer Gruppe. Vielleicht möchten Sie ja dazu stoßen, Herr Puchner?"

Zuerst sagte ich: „Nein! Ich muss heim! Ich packe jetzt meine Koffer und fahre wieder heim." Ida allerdings meinte: „Das ist eine fantastische Idee, das mit dem Tanzen, das probieren wir! Komm, Georg!" *Wir* klingt gut, dachte ich mir und sah zu dieser Dame in der Tür und gab ihr mit einem Nicken zu verstehen, wir könnten es doch vielleicht einmal versuchen, das mit dem Tanzen, zu zweit, gemeinsam mit Ida. Die Frau schien einverstanden und Ida erleichtert. Zusammen verließen wir das Zimmer, Ida schloss ab und wir machten uns auf den Weg ein Stockwerk tiefer zu dem Bewegungsraum, wie diese Marion wiederholte. Nett von Ihr, das so genau zu erklären.

In dem Raum der Bewegung waren bei unserem Eintreffen bereits jede Menge Menschen. Das passte mir gar nicht, das musste ich Ida sagen. Derart viele Leute auf einmal, das war nichts für mich, lieber wäre mir gewesen, wir wären zu zweit und eigentlich wollte ich sowieso viel lieber nachhause! Das sollten sie nur wissen. Ich wusste übrigens gar nicht, warum wir überhaupt hier waren. Wir mussten einfach nachhause gehen.

Dann startete die Musik und Ida begann mit mir zu tanzen.

Die Musikauswahl war wahrlich in Ordnung, gefiel mir sehr und die Tanzerei ebenso, schließlich war ich von jeher ein Mann der flotten Sohle und daher kam mir diese Tanzveranstaltung gerade recht. Ida und ich schwangen das Tanzbein, dass die anderen staunten und Ida lächelte. Endlich einmal wieder, das hatte ich tatsächlich vermisst. In letzter Zeit schien sie doch sehr gestresst zu sein, Ida, und manches Mal sah ich sogar Tränen in ihren Augen aufsteigen. Ich wollte sie des Öfteren fragen, warum sie denn traurig sei, aber irgendwie kam es nicht dazu. Jetzt aber lächelte Ida und das war wunderbar zu sehen. Vielleicht sollte ich das mit dem nachhause-Fahren doch noch aufschieben, so dachte ich mir.

Ich muss gestehen, diese Einheiten, die Ida und ich im Folgenden getrennt besuchten, waren und blieben nicht gerade nach meinem Geschmack. Das passte mir einfach nicht und daher musste ich mich zwischendurch auch immer wieder ein wenig beschweren, bei Ida. Auch wollte ich das eine und andere Mal mehr die Koffer packen und zurück in die Heimat fahren, doch in diesen Momenten war plötzlich stets einer dieser Oxner Hof Herrschaften zur Stelle, um mich zu überreden, doch noch den einen oder anderen Tag länger hier zu bleiben.

Ida unterhielt sich gut, auch mit den anderen Paaren. Und sie schien entspannter als in der Zeit zuvor. Ich zählte die Tage, beziehungsweise dachte ich an jedem neuen Morgen, jetzt wäre er endlich da, der Abreisetag! Als er es dann doch nicht war, reagierte ich kurzfristig etwas verärgert, dachte mir dann jedoch `morgen ist auch okay` und fügte mich dem Programm.

Am tatsächlichen Tag der Heimreise war ich sehr müde. Ich saß neben Ida am Beifahrersitz und schlief beinahe die ganze Strecke. Ida war erleichtert. Keine Türöffnungsversuche während der Fahrt, kein plötzlicher Aussteige-Drang meinerseits. Ich saß einfach nur da, sah zum Fenster hinaus und döste vor mich hin. `Welch schöner Tag!`, dachte ich mir, innerlich voller Sonnenschein, gefüllt mit Idas Lächeln direkt an meiner Seite und der Aussicht, endlich wieder zuhause zu sein.

Weil vieles an Neuem und Vieles an sich oft beängstigend, verwirrend und mehr, erscheint Altbekanntes in geringen Mengen dosiert oftmals als die bessere Wahl.

Auf den Schlag

Es war im Sommer, als Ida und ich nach Linz gefahren sind, um unseren Sohn und seine Familie zu besuchen. Zwei bis drei Mal im Jahr machten wir das mit dem ostwärts fahren. Ida bestand darauf. Wegen unserer zwei Enkelkinder, wegen der zwei Mädchen. Erst ein paar Monate alt war die Kleine bei unserem letzten Aufeinandertreffen und die Größerer um gerade einmal 2 Jahre älter. Unser Sohn hatte in Linz studiert, sich dort verliebt – in Stadt und Mädchen – und war somit hängengeblieben, in der Ferne. Erreichbar, aber von Tirol aus gemessen doch ein paar Kilometer an Fahrtstrecke entfernt.

Es war - wie erwähnt - im Sommer, als Ida und ich uns wieder einmal auf den Weg nach Osten machten. Wir fuhren mit dem Zug und unser Sohn holte uns am Zielbahnhof ab. Bei ihm zuhause angekommen, war das Wiedersehen groß mit den zwei Enkeltöchtern und man war froh, sich endlich einmal wieder umarmen zu können.

Die kommenden Tage waren gut verplant mit Kinderunterhaltung, kochen, einkaufen gehen, Kaffee trinken, Gesprächen... anstrengend wurde mir das. Das merkte ich bereits am zweiten Tag. Nicht mehr so leicht wie all die Jahre zuvor, verrannen die Tage. Ich wurde offensichtlich doch älter und damit weniger resistent gegenüber Lärm und Neuem und deshalb war es meinerseits stets heiß ersehnt, zu Mittag ein Stündchen zu rasten und dann, am Abend, nicht allzu spät ins Bett zu gehen.

Nun kam es, dass ich an einem dieser frühen Morgen mit guter Laune in die Dusche eingestiegen bin. Kurz nachdem ich aufgestanden war, um mich im Bad frisch für den Tag zu machen, drehte ich den Wasserhahn auf und fühlte das kühle Nass auf meinen Körper prasseln. Just in diesem Moment der frühmorgendlichen Wonne traf er mich, der Blitz in meinem Kopf. Plötzlich, unerwartet und gänzlich unbekannt fühlte ich es meinen Arm entlang nach unten kribbeln, mein Bein hinab, mit unwahrscheinlicher Intensität. Der Mund bewegte sich eigenartig und mein Stand in der Dusche wurde unsicher. Ich klopfte gegen die Duschkabine. Glücklicherweise war Ida ebenfalls im Bad. Sie drehte sich um und wurde blass. „Georg!" rief sie, „was ist mit dir?" Ich schien irgendwie eigenartig auszusehen, Idas Gesichtsausdruck nach zu urteilen. Ich selbst kann nur sagen, dass ich mich eigenartig anfühlte. Alles an mir schien weich zu sein, wie Pudding, nichts mehr unter Kontrolle, alles schwankte, auch der Boden. Ich musste mich hinsetzen, ich wollte Ida sagen, dass ich mich setzen musste, öffnete meinen Mund doch es kam... kein Wort heraus. Ich hatte das Gefühl, als würden sich meine Lippen bewegen, doch es war kein hörbarer Buchstabe zu vernehmen, nicht einmal das Formulieren eines Wortes schien zu funktionieren. So sehr ich es auch probierte, so sehr ich auch sprechen wollte. Ich versuchte Ida zu sagen, dass es mir nicht gut ging, dass ich mich setzen wollte. Doch es funktionierte nicht. Nichts schien mehr zu klappen in diesem Moment. Und dann wurde mir schwarz vor Augen.

Das Nächste was ich vernahm, war ein rauschendes Stimmengewirr im Eingangsbereich. Es drang von unten zu mir hoch ins Badezimmer. Männerstimmen, Schritte die näher kamen. Es klopfte an der offenen Badezimmertür. Mein Sohn Simon ging voran und betrat - gefolgt von zwei Männern in Rettungssanitäteruniform - den Raum. Ida war neben mir. Immer noch. Sie war mir nicht von der Seite gewichen, das hatte ich gespürt. Es war mir noch immer unmöglich mich zu artikulieren, zu erklären was geschehen, wie ich mich fühlte. Die zwei Sanitäter waren sehr freundlich, äußerst hilfsbereit. Sie fühlten meinen Puls, maßen den Blutdruck, griffen an meine Stirn um zu sehen, ob sie warm oder kalt, leuchteten mir mit einem hellen Licht in die Augen. Ich wollte ihnen sagen, dass es mir schon wieder besser ging mittlerweile und dass ich sie eigentlich gar nicht mehr brauchte. Aber es funktionierte nicht. Ich fühlte meine Lippen sich formen, doch sie formten sich stumm. Kein Wort drang in den Raum, nichts war zu hören. *Vielleicht besser zeigen, wenn sprechen nicht möglich*, dachte ich und wollte mit meinem Arm auf meinen Mund deuten, doch auch dieser schien nicht kontrollierbar. Er hing an der Seite hinab, völlig unfähig, auch nur die kleinste Bewegung bewusst von mir gesteuert durchzuführen. Die darauf folgende Stunde erlebte ich wie durch einen Nebelvorhang. Die Sanitäter hatten einen Tragestuhl nach oben gebracht, setzten mich mit gemeinsamer Kraft in diesen hinein, trugen mich nach unten, hinaus und hinein in den Rettungswagen. Ida folgte. Sie kam mit mir, saß an meiner Seite, hielt mir die Hand. Mein Sohn besprach sich mit meiner Schwägerin und fuhr mit seinem eigenen Auto dem Blaulicht des Krankenwagens hinten nach. Wir rasten wahrlich in das örtliche Krankenhaus. Akutambulanz. Neurologische Abteilung. Nicht dass ich wusste, wovon die Menschen rund um mich herum sprachen, doch ich verstand im Ansatz, wie durch einen Schalldämpfer gesprochen.

Ida war nervös. Sie war kreidebleich. Ihre Augen starrten weit geöffnet vor lauter Angst. Ich glaube, sie hatte Angst davor, dass das was passiert war gerade, etwas Bedrohliches sein könnte. Die Ärzte waren wirklich nett und hilfsbereit. Sie erklärten, beschrieben, beruhigten Ida, gaben ihr etwas zu trinken, einen Stuhl um sich zu setzen und sie kümmerten sich um mich in tatsächlich bester Art und Weise. Dazu sei gesagt, dass ich seit jeher kein großer Liebhaber von Krankenhäusern und Ärzten im Allgemeinen war. Erinnere ich mich richtig, so hatte ich zweimal eine Lungenentzündung, einmal eine Operation am Knie und eine am Bauch. Das war es dann auch schon mit meinen Arzterfahrungen, Klinikaufenthalten und dergleichen mehr. Schließlich hielt ich mich ja immer fit, körperlich, das war das A und O, damit konnte man vorbeugen. Nun aber, in diesem besonderen Moment, kam ich wohl nicht drum herum, ruhig liegen zu bleiben und mich vom Scheitel bis zur Sohle untersuchen zu lassen.

Mein Arm funktionierte immer noch nicht wirklich, meine Lippen allerdings schienen schön langsam wieder die Formationen von verschiedenen Wörtern annehmen zu können. Langsam klappte es, ein Wort nach dem anderen, noch nicht wirklich einen Sinn ergebend, aber ich konnte wieder sprechen. Die angehängte Infusion wirkte, meinte der junge Arzt mit den dunklen Haaren.

Ich lag hinter einem Vorhang, Ida noch immer an meiner Seite und wartete. Wartete, bis alles wieder in Ordnung kam. Ich muss gestehen, dass auch ich beunruhigt war, verunsichert ob der für mich nicht einzuordnenden Geschehnisse. Ich wusste noch immer nicht wirklich, was eigentlich mit mir passiert war. Nach einer Weile kam dann jedoch ein junger Arzt mit dunklen Haaren und fing an zu besprechen. Mit Ida, Simon und mir. Er teilte mit, dass dies wohl ein leichter Schlaganfall gewesen war, der mich hat wanken lassen. Vom Blitz getroffen, Schlag auf den Kopf! Genauso fühlte es sich auch an. Welch wahre Worte. Ein kluger Kerl, dieser junge Mann mit den dunklen Haaren.

Ida wischte sich die Tränen, mein Sohn stand sprachlos neben ihr. Die weitere Vorgehensweise? Stationäre Aufnahme, Medikamentengabe, Infusionstherapie – mindestens für die ganze nächste Woche. Im Anschluss daran würde man erst sehen, meinte der junge Herr mit den dunklen Haaren, würde man sehen, in welchem Ausmaß ich tatsächlich getroffen worden war vom Blitz, welchen Schaden der Schlag in meinem Kopf hinterlassen hatte. Das müsste man alles erst prüfen. Nur die Zeit konnte dies sagen. Im Moment sehe alles sehr vielversprechend aus, soweit, meinte ein Arzt mit dunklen Haaren. Alles unter Kontrolle. Ida seufzte.

Es tat mir unwahrscheinlich leid, dass ich ihr solch einen Kummer bereitete, das wollte ich nicht, natürlich nicht, doch offensichtlich lagen die Karten diesmal nicht in meiner Hand, ich konnte nicht entgegenwirken. Es war, wie es war und ich musste mich fügen, auch wenn ich nicht wollte, auch wenn ich bislang immer derjenige gewesen bin, der für andere einstand und da war, arrangierte, bewegte. Jetzt war wohl tatsächlich ich der eine welche, der Hilfe anzunehmen hatte. Vielleicht war es jetzt meine Aufgabe, das zu lernen.

In den folgenden Tagen legte sich das Blitzlichtgewitter in meinem Kopf langsam zur Ruhe. Tag um Tag fühlte ich mich ein klein wenig frischer. Geradeso wie nach einem duftenden Sommerregen.

Und was kam dann?

Die Ruhe nach dem Sturm...

Und dann denk ich mir, vielleicht bringt das Leben einfach das, was noch zu lernen offen, mit aller Härte – immer – früher manchmal oder eben später…

Jubiläumsfeier

Es war soweit. Heute war der Tag des großen, runden Geburts-
tags gekommen. Es sollte eine Feier geben mit allen Verwand-
ten von nah und fern. Sie alle kamen, um das Geburtstagskind
zu feiern. Auch ich bereitete akribisch meine Rede vor. Ich hatte
einen meiner Zettel, nein, ich hatte zwei, drei und schrieb und
probierte aus und sprach... schließlich müssen solche Reden
auf den Punkt genau sitzen. Man wollte nicht langweilen, sondern unterhalten und deshalb mussten derartige Zeilen Hand
und Fuß haben.

Die Gäste kamen aus allen Teilen des Landes. Selbst von über
den Grenzen strömten sie herbei. Sie stellten sich vor als Cousine, Tochter der Cousine, Mann von der Tochter der Cousine,
Schwägerin, Mann von der Schwägerin, Schwägerin Nummer
zwei und so weiter und so fort. Sie kamen, schön angezogen mit
einem Lächeln im Gesicht, einem Geschenk in der Hand und ich
fragte mich die ganze Zeit, wo denn eigentlich *mein* Geschenk
war, das ich zu geben hatte. Dann aber, kurz bevor ich weiter
überlegen konnte, traf der nächste Gast ein und schüttelte die
Hand. Ich lächelte, denn ich freute mich, all die – gefühlt bekann-
ten – Menschen zu sehen. Irgendwann jedoch, waren es auf

einmal sehr viele Leute und ich musste aufpassen und mich angestrengt konzentrieren, um den Überblick zu bewahren.

In solchen Momenten tut frische Luft gut. Deshalb ging ich raus. Hinaus aus dem Gasthof in dem das große Essen stattfand. Ein wunderschönes Haus, gelegen etwas oberhalb von Innsbruck mit atemberaubendem Panorama. Das Wetter tat an diesem Feiertag das seine dazu, die Sonne strahlte regelrecht vom blauen Himmel.

Den Begrüßungssekt reichte man daher im Garten. Auch Fotos wurden inmitten des gepflegten Grüns geschossen. Grüppchenweise stellten sich die Gäste zusammen und es wurde fotografiert. Eigenartigerweise wollte mich jede Gruppe in der Mitte mit dabei haben. Ich lächelte und lächelte und fand es recht interessant, einmal auf der anderen Seite zu stehen. Denn, so erinnerte ich mich beim Anblick der Fotokamera, über viele, viele Jahre war ich stets derjenige, der Bild um Bild geschossen hat. Jetzt hingegen war ich das begehrteste Fotomotiv des Tages. *Der Ehrengast allerdings, der war immer noch nicht da*, dachte ich, schaute mich um und fragte mich, wer dieses besondere Geburtstagskind eigentlich sein sollte. Ich musste Ida fragen. Ida sah übrigens wunderschön aus heute in ihrem Dirndl und dem traumhaften Schmuck. Sie stand bei ihrer Schwester.

„Ida!" rief ich, „Ida!"

Sie drehte sich um und kam auf mich zu.

„Wem soll ich gratulieren? Wann kann ich meine Rede schwingen? Wo ist denn nur dieses Geburtstagskind?" fragte ich sie. Ida sah mich an und lächelte.

„Du bist der Ehrengast, Georg. Es ist dein Geburtstag heute, dein siebzigster Geburtstag. All die Leute sind gekommen, um gemeinsam mit dir zu feiern. Du bist das Geburtstagskind!"

„Mein Geburtstag? Alle sind hier wegen mir?"

Ich war ganz gerührt. Beinahe stiegen mir die Tränen in die Augen vor lauter Freude. All diese Menschen waren gekommen, um mir zu gratulieren. Ich war entzückt. Dann klatschte jemand in die Hände und rief: „Das Essen wäre bereit meine Herrschaften!" und die ersten Gäste begannen, sich auf den Weg hinein in die Gaststube zu machen. Ich selbst blieb noch einen Moment stehen, atmete tief durch und spürte plötzlich den Arm meiner Cousine fest um mich geschlungen. „So schön mit dir zu feiern!" sang sie mit einem breiten Lächeln im Gesicht. „Wollen wir noch einen Moment Platz nehmen? Auf der Bank? Hier draußen?" fragte sie und ich stimmte zu. Ich fühlte mich plötzlich ganz frei. Ich mochte meine Cousine. Auch wenn wir uns nicht gerade oft sahen, waren wir uns schon von Kindheitstagen an sehr nah. Ich war wirklich gerührt und glücklich, sie heute hier an meiner Seite zu haben.

Wir saßen auf der kleinen Bank vor dem großen Haus, sie erzählte, ich hörte zu, lachte und genoss den Moment.

Im Saal dann saßen sehr viele Leute, eng nebeneinander. Ein etwas eigenartiges Gefühl überkam mich. Nicht nur die Menschen hier waren viele, das alles war... viel. Und laut war es auch, sehr. Das Besteck klapperte, die Gäste unterhielten sich und lachten, Musik spielte im Nebenraum. Ich spürte, dass mein Kopf auf Hochtouren arbeitete. Ich blickte zur Seite und sah Ida, das gab Sicherheit. *Viel kann nicht passieren*, dachte ich mir, *Ida ist ja da!*

Das Essen schmeckte vorzüglich, die Gäste schienen es wahrlich zu genießen und ich tat es ihnen gleich. Dann jedoch, plötzlich, gerade zwischen dem letzten Bissen vom Salat und dem bereits servierten Nachtisch, leuchtete die *„Rede-nicht-vergessen!"*-Lampe vor meinen Augen auf. Meine Rede für das Geburtstagskind, für die musste noch Platz sein, vor dem Dessert, schließlich hatte ich mir Tage lang Gedanken darüber gemacht, sie ganz genau skizziert.

Nachdem sämtliche Bäuche vollgeschlagen und im Garten abermals Frischluft geschnappt worden war, beschloss die Geburtstagsgesellschaft, sich auf den Weg zu uns nachhause zu machen. Ich fuhr im Auto mit Ida und Idas Schwester. Zuhause angekommen, fiel es mir wieder ein. *Die Rede, ich musste die Rede halten, für das Geburtstagskind alles Gute.*

Wir stiegen aus dem Auto aus und ich freute mich, in unserer Stube Platz nehmen zu können. Oder nein, ich setzte mich nicht, sondern stellte mich auf, mitten im Raum. Ida wollte, dass ich mich setze, um mich auszurasten, doch ich bestand darauf, stehen zu bleiben. Schließlich spricht man Reden stehend, nicht sitzend! Das weiß man doch. Die Gäste trudelten abermals ein, die Stube füllte sich und ich stand noch immer. Dann fing ich an.

„Dem Geburtstagskind des Tages möchte ich gratulieren heute. Wir sind froh alle. Viele sind da. Sehr schön mit dir zu feiern. Es ist wunderbar, dem Geburtstagskind alles, alles Gute wünsche ich!" rezitierte ich und erhob das Glas, das neben mir am Tisch stand. Ida sah zuerst mich an, dann ihre Schwester, zum Rest der Gesellschaft und dann begann meine Tochter zu klatschen.

„Alles Gute dem Geburtstagskind!" rief sie und alle Gäste stimmten mit ein und applaudierten gemeinsam mit ihr. Meine Rede war gelungen. Ein Hoch auf das Geburtstagskind!

Als weiteren Programmpunkt des Geburtstagsfestes gab es eine Filmvorstellung auf der weißen Hauswand im Garten. Tilda hatte dies organisiert. Was ich mich allerdings fragte, wie ich da so saß und auf die Bilder sah, war, warum sie so viele fremde Menschen ausgesucht hatte, um diese in den verschiedensten Situationen nun hier auf unsere Hauswand zu projizieren. Es waren große Menschen da und kleine, ich sah Leute beim Klettern, Wandern und Schi fahren, im Urlaub und zuhause und da war ja ich! Und Ida und diese kleinen Menschen, das musste mein Sohn sein... und wo war meine Tochter? Den Gästen jedenfalls schien diese Bildervorführung zu gefallen und so lächelte auch ich. Meine Kommentare sparte ich mir, genoss stattdessen einfach den Moment und sage jetzt ganz ehrlich: Es war ein schönes Fest! Doch war ich wahrlich froh, als all die Besucher nach und nach das Haus wieder verließen, Ruhe einkehrte und ich dem Geburtstagskind nun vielleicht doch noch persönlich und allein gratulieren konnte.

Zum Geburtstag alles Gute! Das Geburtstagskind es lebe hoch!

Weil Feste gefeiert werden sollen, wie sie fallen.

Gefallenem eine Gelegenheit zu geben, sitzen zu bleiben und den Moment zu genießen – im Hier und Jetzt – mit der Freude, da zu sein… das sei als Ziel nie aus dem Auge zu verlieren.

Das Opa Referat

Meine Enkeltochter ist 12. Vergangene Woche hielt sie in der Schule ein Referat über ihre Familie. Über eine Person aus ihrer Familie. Dazu hat sie ihren Opa ausgewählt. MICH! Das hat mich wahnsinnig gefreut und richtig stolz gemacht.

Für ihren Vortrag hat Nina ein Gedicht geschrieben und dabei, beinahe nicht zu glauben, viele Dinge genau auf den Punkt gebracht und aufgeschrieben, wie ich mich oft fühle in letzter Zeit. Schon lange wollte ich erklären, Ida, meinen Kindern und den anderen mehr, was vorgeht in mir, dass sich etwas zu verändern scheint in meinem Kopf, in meinen Gedankengängen.

Veränderungen sind nicht immer einfach, das weiß ich nur allzu gut. Aber dafür können sie spannend sein, lehrreich und überraschend umso mehr.

Auch wenn meine Gedanken und mein altes ICH zunehmend im Nebel versinken, so blitzt doch zwischendurch ein Sonnenstrahl hindurch und lässt mich durch die Nebelschwaden hervorlächeln – ihr müsst nur ganz genau hinsehen!

Ich danke dir Nina, dass du diese Momente für mich eingefangen hast, du nicht müde wirst, mich zu suchen hinter dem grauen Schleier und mir immer wieder aufs Neue - und in den verwirrendsten Momenten mehr - einfach deine Umarmung schenkst...

Wenn Opa durch die Küche tanzt

Wenn Opa durch die Küche tanzt

...dann tanze ich mit ihm im Walzertakt

Wenn Opa verzauberte Burgen und Schlösser sieht

...dann erkunden wir sie in Ritterrüstung gemeinsam

Wenn Opa seine Brille im Geschirrspüler verstaut,

...dann finde ich sie blitzblank gewaschen mit ihm nach dem Waschgang wieder und wir rufen laut: Willkommen in der Brillenwaschstraße!

Wenn Opa mit den Hausschuhen zum Bus spaziert,

...dann marschier ich in Gummistiefeln bei Sonnenschein Schritt für Schritt an seiner Seite mit.

Wenn Opa plötzlich Englisch spricht,

...dann unterhalten wir zwei uns köstlich bei einer Tasse Tee über this und that und very nice to see you again.

Wenn Opa den Braten mit Löffel isst und Eis mit der Gabel,

...dann mach ich es ihm gleich und kichre: "Warum nicht schon früher!"

Wenn Opa die Toilette nicht findet und stattdessen im Garten den Apfelbaum gießt, ...dann stell ich fest, welch ein Glück - endlich Regen! Hol meine Gießkanne und gieße das Bäumchen noch ein bisschen mehr.

Wenn Opa am Abend fröhlich mit der Frau im Fernseher spricht,

...dann winken wir ihr gemeinsam und lachen bis um Acht.

Wenn Opa im Liegestuhl in der Sonne liegt und plötzlich dicke Tränen weint,

...dann setz ich mich auf seinen Schoß, umarm ihn fest und wir warten zusammen, bis die Wärme der Sonne auch die letzte Träne getrocknet hat.

Wenn Opa an der Kassa zu singen beginnt,

...dann nehme ich seine Hand und wir trällern den wunderschönsten Kanon zu zweit.

Manche Leute nennen meinen Opa komisch, eigenartig oder seltsam. Manche meinen, er ist nicht ganz gesund, weil er viel vergisst.

Da hab ich mich gewundert und ihn gefragt, ob er Schmerzen hat im Kopf.

„Welcher Kopf?" hat Opa da gefragt, sich mit Mütze und Handschuhen neben den Kachelofen gesetzt und mit mir gemeinsam auf den Schneesturm gewartet.

Vergessen tut nicht weh, es macht nur anders und anders sein ist ok. Es macht uns alle zusammen geduldig und lachen, erfinderisch, langsamer und manches Mal auch fest verzweifeln.

Mein Opa hat mir viel gelernt und meine Welt bunt gemacht. Er hat mich gelehrt, Pläne geplant auf später zu verschieben, um stattdessen jeden Tag für sich - voll und ganz und mit allen Gefühlen - zu leben...

Danke Opa, für die Schlösser, die Tänze, den Tratsch mit Tee und für all die Farbe, die du in meine Welt gemalt hast!

Weil Leichtigkeit und Unvoreingenommenheit der Kinder beste Freunde sind, sei das Vorbild in diesem Fall bei der jungen Jugend zu suchen, zu finden und wertschätzend und dankend anzulächeln.

Wandertag

Es war an einem Dienstag, als meine Tochter Tilda die Idee hatte, mich mit in ihre Arbeitsstätte zu nehmen. Ein Platz an dem man sich traf, um miteinander zu singen, kreativ zu sein, zu essen und natürlich zu turnen, um sich körperlich zu stärken. Ein idealer Platz für mich, meinte meine Tochter. Ich war anfangs etwas skeptisch, mochte ich solche Menschenaufläufe doch eigentlich nicht besonders, lieber war ich für mich allein. Allerdings merkte ich, dass Ida im Moment ziemlich gestresst zu sein schien. Sie schlief nicht besonders gut und während des Tages war sie immer wieder sehr gereizt. Seltsam eigentlich, denn auch ich schlief nicht besonders viel, musste ich doch immer noch durch das Haus wandern nachts, um sicherzugehen, dass niemand einbrach. Auch untertags kam ich nicht zu sehr viel Schlaf, denn schließlich musste ich meine Koffer packen, um endlich wieder nachhause gehen zu können. Ida verstand das nicht. Sie meinte, ich wäre hier zuhause, ich müsste nirgendwo hin. Vielleicht war sie deshalb so gestresst. Vielleicht war ihr diese ganze Aufbruchsstimmung zu viel.

Deshalb stimmte ich letztendlich doch zu und kam an jenem Tag mit. In die Tagesstätte, wie meine Tochter diesen Platz nannte.

Sehr liebe Leute dort, sehr nett, wirklich wahr! Das bemerkte ich allerdings erst, nachdem ich zuvor sehr gezögert hatte, überhaupt aus dem Auto auszusteigen, mit dem Tilda mich zu dem Treffpunkt in der Stadt gefahren hatte. Ich muss gestehen, es brauchte ziemlich einiges an Überzeugungskraft, um mich zum Aussteigen zu überreden.

Als wir schließlich den Tagesstättenraum betraten, sah ich, dass wir nicht die ersten Gäste zu sein schienen. Es waren bereits einige Leute dort. Alte Leute hauptsächlich. Aber das machte nichts, beschloss ich, denn die Damen und Herren erschienen sehr freundlich – Alter hin oder her.

„Grüß Gott Herr Puchner, wie schön, Sie heute hier in unserer Runde willkommen heißen zu dürfen! Ich bin Monika. Nehmen Sie doch bitte Platz. Sie mögen Salat und Speckknödel? Als Nachspeise hätten wir heute einen Schokoladenpudding mit frischen Himbeeren." Ich war erstaunt. Dachte ich doch nicht, dass ich hier hergekommen war, um zu speisen. Meine Tochter allerdings beruhigte mich und erklärte, es gebe zuerst etwas zu essen, als Stärkung, und nur wenn ich wolle, könne ich... wenn nicht, dann eben nicht. Das beruhigte. Die anderen Leute grüßten mich – ein paar von ihnen zumindest. Ein paar andere schienen mich kaum zu bemerken. Ich selbst war noch etwas unruhig. Eigentlich, kam es mir dann, wollte ich hier gar nicht sitzen. Ich musste wieder nachhause. Ich hatte keine Zeit um hier zu sitzen, ich sollte stattdessen all meine Sachen zusammenpacken für die Reise nach Wien. Der Zug fuhr in Kürze los. Ich hatte es demnach wirklich eilig. Deshalb stand ich auf, griff nach meiner Jacke und wollte gerade zur Tür gehen, als plötzlich diese Monika wieder an meiner Seite stand. „Herr Puchner, wohin möchten Sie denn? Herr Puchner, bleiben Sie doch noch ein bisschen. Wir haben ein wunderbares Essen vorbereitet. Ich bin sicher, es wird Ihnen hervorragend schmecken!" In der Küche hörte ich Geklapper. Es war wohl wirklich schon an der Zeit, dass das Essen kurz davor war, serviert zu werden. Ich überlegte kurz. Der Zug, Wien, Koffer packen, köstlicher Geruch aus der Küche, Knödel. Vielleicht sollte ich doch zuerst den einen oder anderen Happen essen, schließlich reist es sich mit vollem Bauch wesentlich besser als mit leerem. Ich ließ mich also überzeugen von Monika. Auch diese Tilda war inzwischen an meiner Seite. Die Damen begleiteten mich zurück zum Tisch. Ich nahm wieder Platz. Vor mir stand ein Kärtchen mit Buchstaben drauf. *Komisch, wer hatte das hier hergestellt?* Darauf stand... ich überlegte... musste wohl eine Fremdsprache sein. Meine Tochter meinte: „Schau Papa, du hast sogar ein eigenes Namensschildchen hier am Tisch stehen! Wie nett.. Mit einer Sonne drauf, passend zum heutigen Sonnentag, du Sonnenschein", und sie lächelte. Ich drückte ihre Hand und war froh, sie hier an meiner Seite zu wissen.

Und überhaupt, wo war ich eigentlich? Eigenartige Menschen hier, ich kannte kaum jemanden in der Runde und diese Dame mit den dunklen Locken an meiner Seite ständig... Hatte ich sie zuvor schon einmal gesehen? Diese Dame tippte mir auf die Schulter und fragte: „Sie möchten eine Vorspeise, Herr Puchner?" Ich drehte mich zu ihr und fragte: „Und Sie sind jetzt wer?" „Ich bin Monika, Herr Puchner, grüß Gott. Ich würde Ihnen das Essen bringen. Möchten Sie eine Vorspeise?" „Vorspeise was?" fragte ich. „Wir hätten eine kräftige Rindsuppe mit Nudeln für Sie. Möchten Sie einen Schöpfer kosten?" Ich überlegte kurz und beschloss, Nudelsuppe ist immer gut im Magen und nickte. Monika ging in die Küche, holte einen Teller Suppe und stellte ihn vor mich, ich aß und es fühlte sich gut an in meinem Bauch.

Dann war es allerdings Zeit zu gehen. Der Zug, er fuhr schließlich bald und ich musste noch packen. Ich stand also auf, war auf dem Weg zu meiner Jacke, doch kurz bevor ich die Türe erreicht hatte, stand schon wieder diese eine Dame neben mir. „Herr Puchner, möchten Sie nicht zuvor, bevor Sie gehen, noch fertig essen? Anschließend machen wir uns dann alle zusammen gleich auf den Weg zum Spazierengehen." Sie sah mich fragend an, diese Dame, sehr nett, wirklich äußerst freundlich war sie und so ließ ich mich noch einmal überreden, zum Tisch zurückzukehren, setzte mich und wartete. Es wurden Knödel mit Kraut serviert und ich muss gestehen, es schmeckte hervorragende. Einzig ein Glas Bier dazu hatte gefehlt, stattdessen gab es Himbeersaft, das war auch in Ordnung, ausnahmsweise. Nach den Knödeln und dem Glas mit rotem Wasser war es dann allerdings soweit, jetzt musste ich tatsächlich aufbrechen, länger warten konnte ich nicht mehr. Ich schob den Stuhl nach hinten, den Teller zur Seite, wischte mir mit der Serviette - die mir das hübsche Fräulein an meiner Seite reichte - den Mund ab, schnappte im Anschluss daran meine Jacke und war gerade dabei die Eingangstüre zu öffnen, als meine Tochter neben mir auftauchte. „Papa? Wohin des Weges? Warte doch noch ein bisschen, bis wir alle fertig sind und zusammen gehen, an die frische Luft! Nachspeise gefällig?" „Nein, nein, leider, Zeit für Nachspeisen ist keine mehr. Ich muss jetzt gehen, du weißt ja, der Zug nach Wien der fährt jetzt los. Ich kann nicht mehr warten." Ich schlüpfte in meine Jacke und durch die halbgeöffnete Tür und begann loszumarschieren. Eigenartigerweise sah mich meine Tochter dabei etwas ungläubig an, zuckte mit den Schultern, sah zurück zu dieser Dame mit den braunen Locken und rief: „Monika, ich geh dann mal mit!" Und Frau Monika nickte.

Wir spazierten los. Ich voran, meine Tochter hinten drein. Zur Tür hinaus, rauf auf den Gehsteig direkt neben der Straße, hinein in den Sonnenschein. Und die Sonne schien heiß an diesem Tag. Ich marschierte los. Ich muss gestehen, ich war mir nicht ganz sicher ob ich nach rechts biegen sollte oder nach links oder welcher Weg Richtung Bahnhof führte. „Papa! Wohin laufen wir? Wollen wir nicht wieder umkehren? Du wirst sehen, die Leute in der Pradlerstraße 2a sind wirklich total nett! Es gibt dort auch ein Fahrrad zum Trainieren wenn du möchtest und innen drinnen ist es auch nicht so heiß wie hier draußen."

„Ich muss zum Zug! Hab keine Zeit, muss packen. Der Zug fährt sonst ohne mich davon!" gab ich zur Antwort und beschleunigte meinen Schritt, meine Tochter immer noch und ziemlich hartnäckig im Schlepptau. Ich ging und ging und ging und meine Tochter wurde zusehend nervös und ich übrigens auch, denn die Zeit wurde knapp und die Abfahrt nahte. Die Sonne schien noch immer - heiß. Inzwischen lief ich beinahe. Abgesehen von dem nicht weniger werden wollenden Schwindelgefühl lief das und somit ich ganz gut und abgesehen von der Sonne und der Hitze und dem ansteigenden Durstgefühl in meinem Mund. Meine Tochter wich nicht von meiner Seite, redete immer wieder auf mich ein und wollte mir erklären, dass der Zug doch vielleicht ein bisschen Verspätung haben könnte und es daher doch möglich wäre, bei Kaffee und Kuchen auf die tatsächliche Abfahrt zu warten bis der Zug dann fährt, nach Wien. Aber ich wollte nicht auf sie hören, sie wusste nämlich nicht wirklich wovon sie da sprach. Ich musste gehen. Weiter und weiter und weiter und meine Tochter mir immer noch hinten nach und die Sonne brannte heißer denn je. Da begann ich zu schwitzen. Aus dem Augenwinkel sah ich, dass meine Tochter telefonierte, mit einer Frau namens Monika, anscheinend. Tilda schien aufgeregt, erzählte von Hitze und einem nicht-stehen-Bleiben und bat um Hilfe. Warum hat sie denn nicht einfach mich darum gebeten zu helfen? Egal, dachte ich und konzentrierte mich weiterhin auf die Straße vor mir. Meter um Meter legte ich zurück, doch ich muss gestehen, schön langsam machte mir die Hitze doch etwas zu schaffen. Ich kam ins Wanken. Zum Glück war Tilda immer noch und ganz beständig an meiner Seite und stütze mich. Sie bat mich wiederholt anzuhalten, mich hinzusetzen, zu rasten. Sie sagte, sie würde das Auto holen, gleich von dort am Ende der Straße, ich solle einfach hier warten und als ich damit nicht einverstanden war, schlug sie vor, ein Taxi für uns zu rufen. Aber nein. Das wollte ich nicht. Ich war immer schon ein Mann der großen Schritte und gab ihr zu verstehen, eindeutig, dass ich zu Fuß meinen Weg weiter gehen werde, aller Hitze zum Trotz. Ein paar Minuten verstrichen, dann plötzlich tauchten zwei junge Mädchen auf, die meine Tochter zu kennen schienen, denn sie begannen eifrig miteinander zu sprechen, während wir nun mittlerweile zu viert weitermarschierten. Eine dieser Damen, sie hatte kurze braune Locken, kam auf mich zu und sagte: „Herr Puchner, wie schön, Sie hier zu sehen! Wollen wir nicht zusammen eine Rast in dem Cafè um die Ecke einlegen? Haben Sie Lust?" Seltsame Person, dachte ich mir, was spricht sie mich an, ohne dass ich Sie überhaupt kenne? „Herr Puchner?" so die andere Dame, „wollen Sie Monika und mir nicht Gesellschaft leisten? Ein klein wenig? Die Sonne scheint ja heiß vom Himmel heute. Eine kleine Rast würde uns allen gut tun!" Sie schienen nicht zu verstehen, dass ich heute keine Zeit hatte, ich musste weiter, der Zug fuhr nach Wien und ich brauchte noch meine Koffer und überhaupt war kein Gedanke ans Rasten zu verschwenden. Plötzlich wurde mir schwarz vor Augen und ich taumelte. Die zwei Damen waren sofort zur Stelle, meine Tochter hinter mir gab mir zusätzlichen Halt. „Herr Puchner! Wir müssen rasten!" „"Papa, komm setz dich, es ist zu heiß für solche Jahrhundertmärsche!" Neben mir ertönte das Signal eines Rettungswagens. Er hielt neben uns. Was der wohl wollte? Ein Notfall hier in der Nähe? Die Rettungs-sanitäter stiegen aus und kamen auf mich zu. „Grüß Gott, Herr Puchner, wir haben zufällig einen Platz frei und würden Sie mit-nehmen, möchten Sie sich setzen? Wir fahren Sie, in unserem Auto." Natürlich mochte ich NICHT einsteigen. Diese Leute schienen alle nicht zu verstehen, dass ich zu Fuß gehen wollte. Nicht fahren! Zu Fuß gehen. Es dauerte sicherlich weitere fünf-zehn Minuten bis sie mich, und ich muss sagen, meine Tochter hatte schlussendlich wirklich sehr überzeugende Argumente und wurde nicht müde zu erklären und zu überreden, um mir nahezu-legen, wie wichtig es doch wäre, sich niederzusetzen, in das Auto zu steigen, um zu überprüfen ob bei meinem Körper noch alles bestens funktioniert, die Sporttauglichkeit vorhanden ist und ich solle doch einen Arzt kurz überprüfen lassen, bevor die Reise nach Wien beginnt. Das war der Punkt, der mich schließlich überzeugte. Eine Reise sollte man schließlich nur antreten, wenn man tatsächlich in guter körperlicher Konstitution war. So setzte ich mich in das Rettungsauto und wir fuhren zusammen, meine Tochter und ich, mit den Sanitätern davon in Richtung Klinik. Dort angekommen, wartete bereits Ida. Welch eine Freude! „Ida, mein Liebes! Wie schön, dich wieder einmal zu treffen! Geht es dir gut?" Irgendwie schien die liebe Ida allerdings nicht wirklich besonders glücklich zu sein, ihrem Gesichtsausdruck nach zu urteilen. Vielleicht sollte sie sich auch wieder einmal untersuchen lassen, sporttauglichkeitsmäßig, dachte ich. Neben Ida stand ein Mann, den ich von irgendwoher zu kennen schien. Es fiel mir in diesem Moment nur gerade nicht ein. Tilda schien ihn auch zu kennen, denn sie ging auf ihn zu, umarmte ihn und gab ihm einen dicken Kuss. Ein netter Kerl, dachte ich, musste er schließlich auch sein, wenn meine Tochter ihn in solch liebevoller Art und Weise begrüßte, ging auf ihn zu und gab ihm zur Begrüßung die Hand. „Hallo Georg", sagte er „wie schön, dich hier zu sehen!" „Ebenso!" antwortete ich und exakt in diesem Moment wurde ich in das Arztzimmer gebracht. Meine Tochter und Ida kamen mit. Es wurde erklärt, dass ich weit spaziert sei, in der Sonne, Hitze, Schwindel, der Blutdruck wurde mir gemessen und ich zeigte dem jungen Arzt und der hübschen Krankenschwester wie fit ich war und dass eigentlich alles bestens und ich völlig unnötigerweise hier war. Ich begann Kniebeugen zu machen. Da schaute der Herr Doktor! Und Ida auch. Sie lächelte etwas verlegen und Schwester Marie bat mich, wieder auf der Liege Platz zu nehmen, das mit den Kniebeugen könnten wir später noch erledigen, meinte sie. Ich folgte brav, setzte mich, ließ mir zur Kontrolle noch schnell das Blut abnehmen und gab dem Team zu verstehen, dass ich jetzt gehen musste. Ida besprach sich kurz mit Schwester Marie, der junge Mann mit dem weißen T-Shirt reichte mir die Hand und meinte: „Immer schön langsam, Herr Puchner! Alles Gute!"

Ida und ich fuhren mit einem großen weißen Kombi nachhause. Mir gefiel das rote Kreuz auf der Fahrertür und die beiden Taxifahrer waren sehr freundlich. Ich muss gestehen, mittlerweile war ich wirklich müde und freute mich auf meine Couch, um zu rasten. Anstrengend war das, aber das ist es schließlich immer, an solch einem Wandertag!

Weil das Wandern nicht nur des Wandrers Lust, sondern manches Mal auch das von Vätern mit Demenz, braucht* es in solchen Momenten Geduld, Ausdauer und ein Quäntchen an Verständnis mehr...

*bräuchte...

Good morning, Dear!

Meine Jugend verbrachte ich für ein paar Jahre auf einer englischen Insel. Auf einer Insel namens Guernsey. Wunderschön! Grün, wie grüner kaum möglich. Menschen, unwahrscheinlich freundlich und eine Arbeit im Pub um die Ecke, wie sie besser nicht hätte sein können. Rückblickend war dies wohl eine der schönsten Zeiten, die ich in meinem Leben aufzuzeigen hatte. Die englische Sprache faszinierte mich schon von jeher, dort beruflich tatsächlich tätig sein zu dürfen, war daher umso schöner. Ich stand hinter der Bar, als Barmixer. Die Herzen der jungen Guernseyer Damen und der Touristinnen mehr flogen mir nur so zu. Ich glaube, ich sah recht passabel aus damals, ein ganz hübscher Kerl, meinte Ida zumindest, gleich bei unserem ersten Aufeinandertreffen. Auch heute sagt sie das, manchmal. Nicht mehr ganz so oft wie einst, aber manchmal eben immer noch.

Damals wie gesagt, auf dieser Englischen Insel, verlebte ich eine wirklich wunderbare Zeit. Ich kam meiner Arbeit nach, machte die Nacht zum Tag, dabei jede Menge neue Bekanntschaften und sprach Englisch.

Vor einigen Wochen ergab es sich, dass ich, als ich in der Früh aufwachte, eine ganze Hand voller Wörter auf Englisch in meinem Kopf hatte. Ich wollte guten Morgen sagen, zur lieben Ida neben mir, stattdessen kam wie von selbst „good morning Dear!" von meinen Lippen. Das war nicht zu steuern, von meiner Seite, die Sprachenauswahl. Es blubberte einfach daher. Nicht nur am Morgen, nein, den ganzen restlichen Tag über schwindelte sich ein Fremdwort nach dem anderen in meinen Kopf. Wobei die Worte selbst mir in diesem Moment alles andere als fremd erschienen. Ganz im Gegenteil. Scheinbar ohne Mühe sprach ich einen Satz nach dem anderen. In Englisch. Deutsch funktionierte nicht an jenem Tag.

What a wonderful day! What do you have for breakfast for me, Dear? Ohhh, a visitor! How wonderful! Our little girl, hello sweetheart.

Ich konnte nichts dagegen tun. Die deutschen Worte waren wie verschwunden. Stattdessen purzelte ein englisches nach dem anderen mühelos und wie ganz selbstverständlich daher. Meine Laune war bestens. Ich fühlte mich zurückversetzt in meine 20er.

Ich war glücklich an diesem Tag. Vor allem weil anscheinend alle meine Lieben ebenfalls ihren Englischen Tag hatten heute…

Weil unsere Welten alle verschieden und keine der anderen gleicht zur Gänze, warum nicht das Vergnügen wagen und eintauchen in eine andere als die unsere – vorbehaltslos, ohne Auftrag zu verändern, aufzuklären oder zu werten…

Ein Tag voller Sonne, dieser Tag der Weltenwanderung!

3. Kapitel

Freunde

Letztens ist mir aufgefallen, dass sich in den letzten Monaten neue Freunde – wie fleißige Ameisen, immer zu helfen bereit – mit einem freundlichen Lächeln vermehrt um mich scharen. Immer wieder aufs Neue kommen sie, stellen sich vor, lächeln und strahlen mit einem offenen Herzen. Das ist zu spüren, gleich. Liebe Menschen die an unserer Türe läuten, um mit mir spazieren zu gehen, Rätsel zu lösen und Kekse zu backen. Die liebe Ingrid zum Beispiel kommt einmal wöchentlich (und erstaunlicherweise immer wieder eine neue Frau namens Ingrid, man stelle sich vor), um mit mir schwimmen zu gehen. Ich schwimme gern. Ich bin schon von jeher gern geschwommen. Mein Schwindel macht es mir zwar nicht gerade leicht, auf dem nassen Schwimmbadboden gefahrenlos zu gehen, aber dafür ist Ingrid ja da. An meiner Seite, stützt sie mich und schwimmt, heil im Wasser angekommen, dicht neben mir Länge um Länge. Sehr erholsam.

Zum Spazieren gehen ist ein Herr Martin da. Mehrere Martins sind es auch hier wieder, die an der Türe läuten und sich vorstellen, als Martin. Diese Herren sind sehr freundlich und mir behilflich beim Anziehen, beim Stöcke reichen und bei Vielem mehr. Gemeinsam mit mir ziehen sie eine Runde nach der anderen,

Straße um Straße, Kurve für Kurve und ich sag ehrlich, ich freue mich – auch wenn der Besuch überraschend – jedes Mal aufs Neue! Denn was könnte besser sein für Körper und Geist, als frische Luft zu tanken! Nur das mit dem zurück-nachhause-Finden ist inzwischen zu einem echten Problem geworden. Wäre ich alleine. Nicht allerdings gemeinsam mit Martin, einem lieber Kerl, der mich ganz regelmäßig besucht.

Fürs Kekse backen und das kreativ-Sein kommt ein sehr liebes Mädchen geradewegs in unser Haus. Sehr praktisch ist das, muss man doch somit nicht hinaus aus den eigenen vier Wänden. Sie kommt auf Besuch zu mir und ich glaube mich erinnern zu können, dass ihr Name Katja ist. Dieses Fräulein Katja bäckt mit mir Kekse – köstlich, meint Ida – malt zusammen mit mir Bilder die sie dann, kaum zu glauben aber wahr, sogar aufhängt, derart gut gefallen sie, sagt Katja, immer mal wieder. Sie freut sich über hilfreiche Tipps von mir, wenn es darum geht, Rezepte zu verbessern, Turnübungen zu perfektionieren oder alte, halbfertige Sprichwörter für sie zu vervollständigen. Ein wissbegieriges junges Mädchen, sehr, sehr liebenswert!

In Innsbruck gibt es eine Dame mit vielen Angestellten. Sie ist allerdings eine äußerst reizende Chefin mit einem liebenswerten Lächeln. Zu ihr fährt mich Ida auch. Einmal pro Woche. Frau

Lechner ist Ergotherapeutin. Logisch, dass es dort einiges zu tun gibt und zwar pädagogisch für meinen Alltag überaus wertvoll. Und nachdem ein lebenslanges Lernen seit jeher als mein oberstes Credo gilt, lerne ich fleißig. In dem mir möglichen Maße.

Eine Dame namens Bernadette wurde mittlerweile ebenfalls zu einer guten Freundin von mir. Die kommt nicht zu uns, zu ihr fahren wir hin. Ida fährt mit mir zu ihr. Diese Frau Bernadette hat jedes Mal eine ganz besondere Musik für mich bereit gelegt. Bei Frau Bernadette gibt es einen gemütlichen Stuhl und Kopfhörer und Musik. Die höre ich dann und dabei werde ich ganz ruhig. Manchmal wenn mich gerade zuvor, vor meinem Besuch bei ihr, etwas nervös gemacht hat oder ich beunruhigt, verärgert oder verängstigt war, kann ich mit Frau Bernadette darüber sprechen. Sie hört zu, sie hört gerne zu, das sagt sie mir immer wieder und das trifft sich gut, denn ich rede gerne. In letzter Zeit allerdings immer weniger. Da ist mir die Musik lieber.

Anfänglich, schon einige Zeit her, da machte sich meine Ida mit mir gemeinsam einmal in der Woche auf den Weg nach Axams zur lieben Petra. Dort war ich besonders gern. Dort wurde nämlich geturnt. Und was noch besser, wir bewegten uns nur in einer kleinen feinen Gruppe. Kinesiologisch war das Ganze. Sehr fordernd – für mich - und bereits seit Längerem zu schwierig... das tat mir wahrlich Leid, allein schon wegen dem nicht-mehr-zusammen-Treffen mit Frau Petra. Ida hat das gemerkt, dass mich diese Tatsache traurig gemacht hat und deshalb hat sie mich überrascht, neulich, mit selbst gebackenem Kuchen und Kaffee am Nachmittag... und einem besonderen Gast!

Es gibt dann auch noch eine feine Gruppe von etwa 8 Menschen in meinem Alter, ebenfalls etwas entfernt von zuhause, die Ida entdeckt hat. Sehr liebe Leute, sehr unterhaltsam, sehr redegewandt und ich kann auch reden dort, sprechen, eine Rede nach der anderen halten, singen, manchmal wird sogar getanzt und Kaffee und Kuchen gibt es am Nachmittag – wer sagt dazu schon nein. Ich frage mich zwar immer wieder, wenn Ida das Signal gibt zum Anziehen und fertig machen, wozu das gut sein soll, viel lieber würde ich daheim bleiben, statt das Haus zu verlassen und wenn es dann heißt, wir machen uns auf den Weg zur „Gruppenstunde" dann frage ich mich, zu welcher Gruppe? Die brauche ich nicht, ich bleibe hier. Wenn ich das lauthals verkünde, ist Ida nicht gerade begeistert. Sie meint dann, die Herrschaften warten auf mich, ohne mich können die gar nicht anfangen. „Wer die?" frage ich dann und lass mir von Ida in Jacke und Schuhe helfen.

Nach einigen Diskussionen am Ziel angekommen, erscheinen das fröhliche beisammen-Sein, die freundlichen Gesichter und die Herzlichkeit allerdings doch irgendwie bekannt und ich denke mir dann jedes Mal: Schön, ein Teil dieser Truppe zu sein!

Am Freitag eine Woche später teilt mir Ida mit, dass wieder Gruppenzeit ist. „Welche Gruppe?" frage ich da erstaunt und erkläre, dass ich ganz sicher nicht zu irgendwelchen fremden Menschen gehe.

Gruppe?

Ich?

Sicher nicht...

Ist die Freundschaft als unsichtbares Band zu sehen, welches leichtfingrig zu knüpfen, an keine Zeit gebunden, ohne Altersbeschränkung, mit nur einer einzigen Bedingung für jedermann/-frau einfachst zu bedienen wäre, so scheitert sie dennoch nur allzu oft an eben dieser. An den Mauern, die von uns selbst um unser ICH gebaut – mit Ziegeln der Angst, die befürchten machen, dass teilen nimmt, anstatt zu geben… schade…

Freundschaftsrezept für JETZT

Zutaten: 2 Gegenüber mit offenen Herzen

2 Paar Augen die sich auf gleicher Höhe treffen

1 Lächeln das mitten hinein trifft ins Herz.

Voraussetzung für ein gutes Gelingen:

vorbehaltslose Offenheit gemischt mit ehrlicher Empathie

...**Prädikat**: Erspüren bis zu letzt möglich

Vergessen ausgeschlossen

Ich bin im Juli gestorben.

…als die Rosen in voller Blüte standen…

Zieleinlauf

Das schrumpfende Grau in meinem Kopf brachte neben den motorischen Einbußen, einem immer stärker werdenden Schwindel und der Lewi-Body-Ehrenmitgliedsnadel noch etwas anderes: Lachen! Mein Herz schien, bei allem anderen sonst, das vor sich hinschrumpfte, zu expandieren, zu fliegen und sich täglich neu zu verschenken.

Ich will nicht schön malen, die letzte Zeit war schwierig, körperlich, emotional, aber dennoch... von einer ungemeinen Ruhe geprägt. Nachdem schnell nicht ging, spazierte alles besonnen und machte auf das Wesentliche denken und vor allem fühlen. *Fühlen,* das war wohl DAS Wort meines letzten Jahres, denn wenn die Worte auch suchen machten, das Erfühlen des Moments funktionierte vollkommen wortlos. Bis zuletzt.

Meine Geschichte - zusammen mit meinem Lebensleitspruch „um zu lernen, ist es nie zu spät" haben Tilda dazu bewogen, umzuschulen. Vor beinahe drei Jahren war das. Ausbildungen – in alle nur möglichen Richtungen – hatte sie bereits einige im Gepäck, diesmal allerdings steckte die Motivation dahinter, mich mit dem angestrebten Mehr-Wissen vielleicht ein klein bisschen besser verstehen und dementsprechend besser unterstützen zu können.

Mein Zustand verschlechterte sich zusehends, die Stimmung ebenso und die Sorge noch um etliches mehr.

Tagespflege wurde, wie bereits erzählt - versucht, in wirklich liebevoller Umgebung mit unwahrscheinlich motivierten Menschen und einem vollkommen blockierenden MIR. Und so kam es zu wundern und zu grübeln aus vollem Herzen, wie man die Situationen beruhigen, entlasten und harmonisieren könnte.

Man wog sie ab, die Empfehlungen, nicht nur einmal, zweimal und vielmals mehr. Machte es sich bei weitem nicht leicht zu entscheiden und kam dann gemeinsam zu dem Entschluss, die Medikamente neu pokern zu lassen... Auf dass sie in ihrer neuen Zusammenstellung ein Full House an harmonisierender Wirkung bescheren sollten.

Es wurde gerade Juni, als ich stationär aufgenommen wurde. Ich ging selbständig – mit Ida an meiner Seite, zum besser-Machen des Schwindels.

In Begleitung meiner guten Fee wurde ich willkommen geheißen – von einem Empfangskomitee aus PflegerInnen, ÄrztInnen und anderen Menschen in Weiß mehr. Formalitäten wurden erledigt,

Zimmer gezeigt, der Ablauf des Tages erklärt und Abschied genommen. Ida ging. Ich blieb.

...und die Traurigkeit schlich ihres Weges.

In den folgenden Stunden fragte ich oft nach Ida. Immer wieder. Wollte ich packen und gehen. Pfeif auf den Schwindel, dachte ich, rief es in die Runde, etwas laut, ok, war bereit zum Sprint nachhause und wurde plötzlich müde.

Sehr umtriebig wäre ich letzte Nacht gewesen, so wurde berichtet, aber jetzt nicht mehr, da ich Beruhigung von außen bekommen hatte, eingetropft in Spritzenformat.

„Lassen Sie ihn ruhen, machen Sie sich keine Sorgen und genießen sie Ihren Tag, bitte, alles ist in Ordnung, alles bestens...", flüsterten sie meiner traurigen guten Fee zu und fixierten die Fixierung noch ein bisschen mehr.

Welch sonderbare Schläfrigkeit.
Welch unendlich große Traurigkeit um mich herum...

Gern hätte ich sie ihnen genommen, die Sorgen, die schlaflosen Nächte und die Schwere am Herzen. Gern würde ich ihnen erzählen, wie sich mein Kopf leichter anfühlt, Stunde für Stunde. Ich würde sie umarmen, wenn ich könnte, mit ihnen durch meine Träume fliegen und noch ein letztes Mal gemeinsam lachen...

Dann aber, bin ich abgebogen. Ich wurde auf eine Abkürzung gestoßen, direkt hinein in den Zieleinlauf. Mein letzter Sprint sollte beginnen...

Allerdings, welch Glückskind am Ende, war ich in den letzten Tagen umringt von Wärme und Herzlichkeit an einem Ort der strahlte, Grau und Traurigkeit beiseite drängte und mich so beruhigt - mit einem Seufzer der Erleichterung - durchs Ziel laufen ließ.

und dann weicht das Grau

lässt die Sonne ziehen

von Almrosenduft umgeben

(phil-)harmonisch

im Walzertakt

leichtfüßig

erinnert

komme ich an

Mein Fest ohne mich

Es war ein wunderschöner Raum. Große Fenster, hell und sonnendurchflutet. Warm, freundlich, mit Blumen aus unserem Garten geschmückt, die dunkelgraue Urne platziert auf einem kleinen Tischchen mitten drinnen im Saal.

Dort stand ich und nahm Abschied – mit Rosen geschmückt. Ich und das Gefäß. Das letzte bisschen, das physisch von mir noch greifbar, war darin sicher verstaut. Verteilt um meinen Ehrenplatz sah ich weitere runde Tische, bunt verstreut im Raum, mit weißen Tischdecken verschönert und mit Fotoalben von mir bestückt. Bilder aus meinem Leben, meiner Kindheit, Jugend, dem wunderbaren Ida-Kennenlernen, Fotos mit meinen Kindern, meinen Enkeln, meinen Reisen, meinen Wanderungen und meinen Freunden. Welch eine schöne Idee!

Um 14 Uhr dann etwa begannen sie einzutrudeln. Diejenigen Menschen, deren Gesichter mir bestens bekannt. Jahrelange Freunde, Familie. Ein kleiner aber besonders fein erlesener Kreis an Seelen die mein Sein im Leben so unwahrscheinlich bereichert haben. Anfangs, in der Mitte und am Ende meiner Tage mehr. Alle waren sie gekommen, um mir „Auf Wiedersehen" zu sagen… ich lächle beim Gedanken daran und bei den Worten, die für mich gesprochen wurden – von Ida, meinen Kindern und Freunden. Schön, ein Leben gelebt zu haben, das Glück hinterlassen hat ...Finanzielles ist gut, auch dazu habe ich das meine geleistet, aber was eigentlich zählt, ist doch der innere Wert, der als Schatz übrig bleibt am Schluss. Das, was ich in den Herzen meiner Liebsten hinterlassen konnte, macht mich strahlen.

Ich bedanke mich, für dieses wunderschöne letzte Fest. Danke, dass ihr alle noch einmal auf meiner Bühne erschienen seid. Erhebt die Gläser und lasst uns anstoßen... auf unsere tolle gemeinsame Zeit...

Lässt man Vergangenes Revue passieren, dann verblasst das Negative im Vergleich zu den schönen Erinnerungen in scheinbarer Windeseile... auch wenn bewusst, dass nicht alle Zeiten immer rosig - und dennoch: Was bleibt, ist all das Schöne das gemeinsam geteilt.

..selbstschützend, zum Teil...

Am Dach der Welt

Nachdem ich schon seit jeher in der Natur zu meiner Ruhe finden konnte, haben meine Lieben beschlossen, mir meinen letzten Weg zum Dach der Welt zu bereiten und mich dabei zu begleiten. So war ich, in kleine Röhrchen verpackt, in Hosentaschen und Rucksack gesteckt, ein paar Tage nach meinem großen Fest unterwegs mit meiner Familie in Richtung Berg. Auch mein Sohn und meine Enkeltöchter waren dazu gekommen, um die letzten Schritte gemeinsam mit mir zu gehen. Alle zusammen machten wir uns auf, hinein ins Tal bis zum Fuße des großen Flusses, der sich - mit all seiner Ruhe und von steilen Felswänden gefasst - am Boden des Talkessels sammelte.

Meine Enkel brachten mich in die Nähe des Wassers und ich konnte es rauschen fühlen, die Steine glitzern sehen und ich spürte das Lachen der Kleinen in meinen Ohren kitzeln. Der Deckel des ersten Röhrchens wurde geöffnet und Wind kam auf. Die Kinder drehten die Gläser um, und den Gesetzen der Schwerkraft folgend, flog die Asche, getragen von einer frischen Brise übers Tal. Es war ein wunderschöner Tag. Es war wunderbar, meine ganze Familie noch einmal zusammen vereint mit mir zu haben. Unter dem Lachen der Sonne, mich in Gedanken und die Herzen weit.

Etwas später am Tag und etwas höher über dem Talboden wanderte schließlich der allerletzte Teil von mir – gemeinsam mit meiner Tochter und meinem Schwiegersohn. Wir stiegen den Talkessel entlang, immer dem Fluss folgend, über die größten Steine hinweg. Die Gämsen standen am Grad und schauten uns wohlwollend zu. Ein Murmeltier pfiff, sang mir ein letztes Lied. Das Adlerpaar kreiste über uns. So ging es weiter, immer steiler bergauf. Weiter und weiter. Die Sonne schien noch immer mit voller Kraft, wärmte, nicht nur das Außen, sondern schmeichelte in aller Trauer des Abschiednehmens auch dem Innen.

Gegen Mittag war es dann geschafft. Das Ziel erreicht. Angekommen am Dach der Welt bei einem kleinen See, der türkisblau glitzerte im Sonnenlicht und mir zuzuwinken schien. Glasklar spiegelten wir uns wieder. Die Ruhe war herzerwärmend. Der Ausblick über meine Berge unbeschreiblich. Hier sollte es sein, hier sollte ein weiterer Teil von mir zur Ruhe kommen. Den Ansatz und die Idee meiner Familie mich der Natur ein klein wenig näher zu bringen, fand ich wunderbar und meine Tochter meinte, so wäre ich bei ihren Streifzügen über Berg und durch das Tal ein kleines bisschen bei ihr, in Gedanken und tief drinnen mehr.

Ich grüße euch, ihr Lieben, vom Dach meiner Welt und winke euch mit freudig funkelnden Augen zu... und wenn der Adler seine Kreise zieht, hoch oben am blitzblauen Himmel, fliege ich mit ihm und wache mit behütendem Blick über euch…

Wer ist er nun also, dieser Georg?

Georg ist Erinnerung. Georg ist der Stein, der ins Rollen bringt. Georg ist Vorbild und Herzenswärme. Georg ist die Ruhe und manchmal auch ein Sturm. Schlecht gelaunt, ohne dabei richtig laut zu sein - das kann Georg auch, allerdings selten genug. Georg ist liebevoll und äußerst höflich. Fleißig seit jeher, Familienmensch und passionierter Kartenschreiber.

Georg ist Dirigent und Georg ist Musik. Musik die in uns allen spielt, quer durch sein Leben - mit Tiefs und jeder Menge an Hochgefühlmomenten - hinein mit Crescendo in das unsere…

…am Anfang, im Moment und auf ewig mehr…

Dankeschön…

…an all die Menschen, die begleiten, die als Freunde wachsen und bleiben bis zum Schluss, die verstehen und sich nicht scheuen, da zu sein, zustimmend nicken, anstatt zu beanstanden, unterstützen und ein Lachen schenken, auch an bewölkten Tagen.

Erinnerung…

ein kostbarer Schatz

im Herzen…

Nachruf

… so hallt der Gesang der Nachtigall hint nach ins Dunkel
und macht unvergessen...

Mit demenziellen Erkrankungen umzugehen, ist eine große Herausforderung. Für Familie, Freunde, Bekannte und die Pflege –
Zeit und ausreichend Herz pflanzen dabei den Grundstock, auf
dem gefühlte Erinnerung einfach sein darf...

Die größten Ereignisse — das sind nicht unsre lautesten,
sondern unsre stillsten Stunden.

Friedrich Wilhelm Nietzsche

(1844 – 1900), deutscher Philosoph, Essayist, Lyriker und Schriftsteller

FSC
www.fsc.org
MIX
Papier | Fördert
gute Waldnutzung
FSC® C083411

Zeitfracht Medien GmbH
Ferdinand-Jühlke-Straße 7
99095 Erfurt, Deutschland
produktsicherheit@kolibri360.de